KB264417

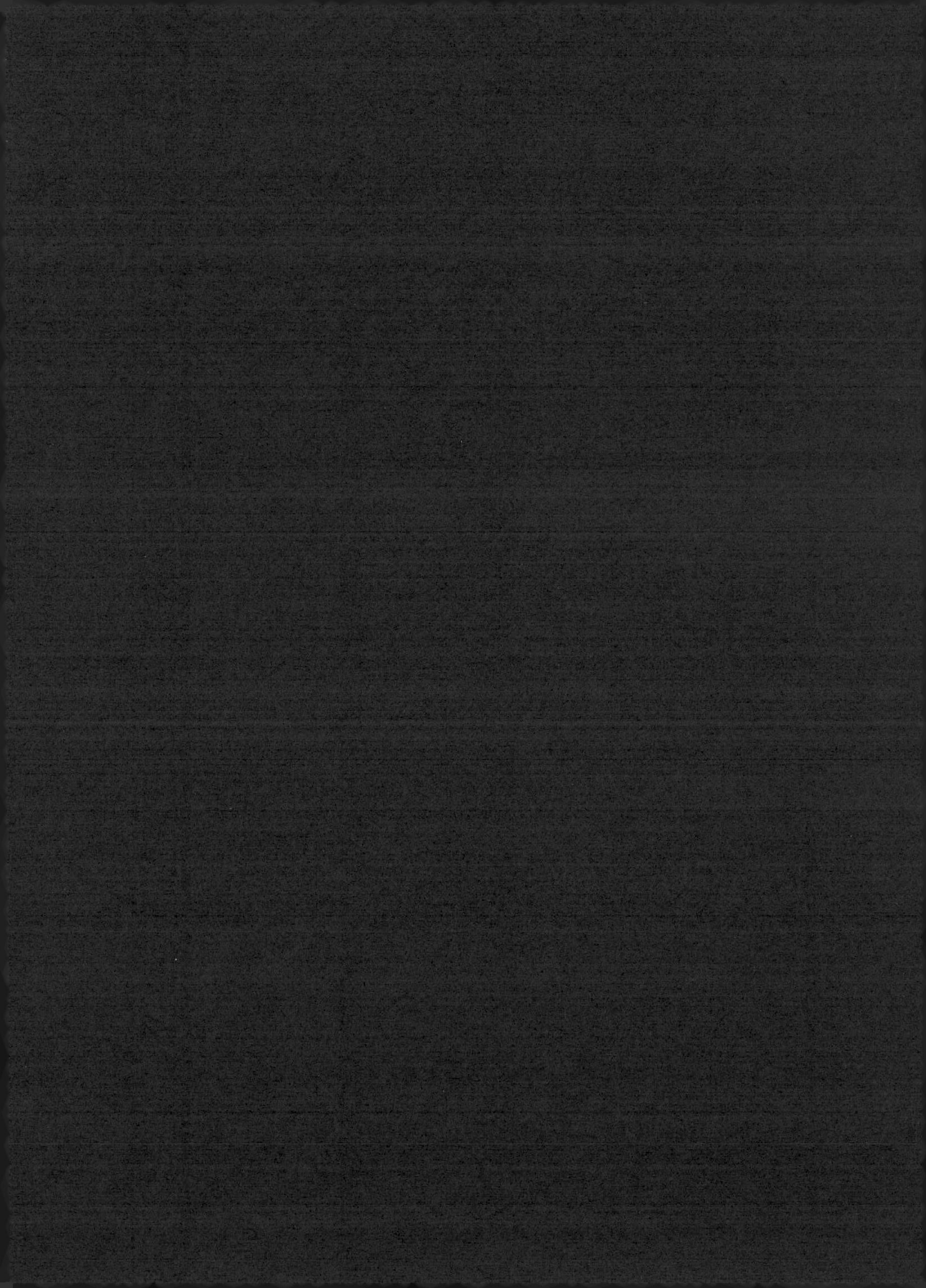

욕망의 전이

욕망의 전이

윤향기

우리글

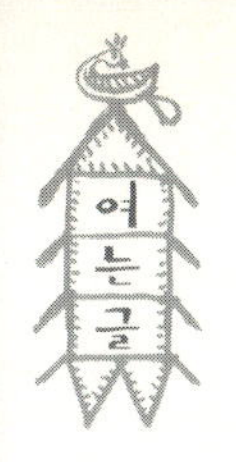

사랑의 밀랍으로 붙인 날개를 달고 태양을 향해 날아가다

날개가 녹아내려 떨어져 죽는 이카루스Icarus의 운명을

예술적 광기로 살·고·싶·은·이·들·에·게

바치고 싶은

이 책은

나의 쑤슘나이며,

나의 무의식이며,

진실한 봄·여름·가을·겨울의 알몸이다.

壬午年. 花雨.

― 김포 뜰 송헌지실에서

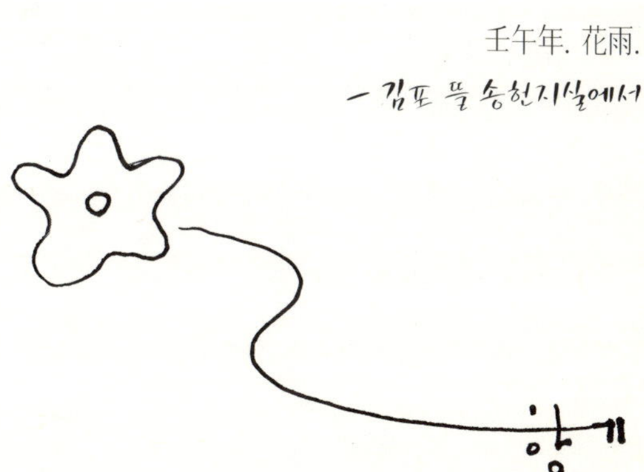

차례

그림 훔치다

빈 들에 황망히 첫눈 내릴 때쯤
낯선 손님이 방문하여 사랑채에 머무신다.
그 밤 다과상에 올라앉은 누드는
알뜰한 사치를 누리다 가는 여름 한 조각이다.
나도 누구의 음식이 되고 싶다.

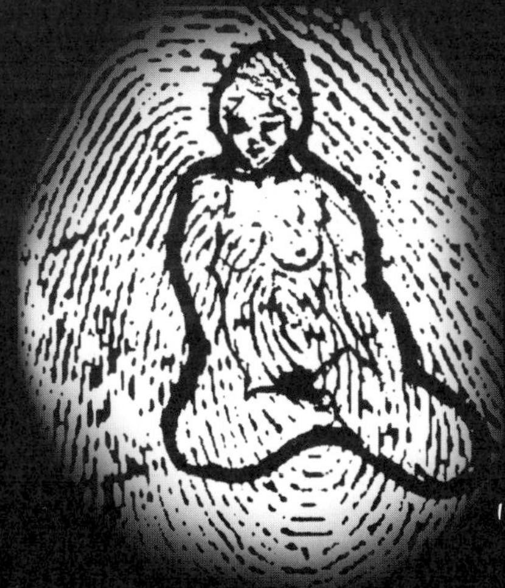

훔쳐보기

관음증觀淫症, 도시증, 절시증, 암소공포증이라고도 하는
voyeurism은 인간의 은밀한 욕망이다.
취향과 편견이 배제된 욕망의 기호다.
관객의 자리에 있을 때 성취되는 즐거운 타락이다.
훔쳐보기, 엿보기의 매력은 불 끈 도덕심에 당겨지는 폭죽이다.

훔쳐보기의 재료들로 꽉 차 있는 정보 검색 프로그램에서
영어 검색어는 'sex', 한글 검색어는 '섹스' 라는 단어가
가장 많이 사용된다. 네티즌들의 최대 관심사가
관음증과 노출증 exhibition의 만남으로 본다면
지금까지 한국 인터넷을 키운 건 9할이 성욕임에 틀림없다.

Y담이 늘 남성 우위로 끝을 맺듯
인터넷에서 여성의 위치 또한 남성의 후궁 역할에 머물고 만다.
소년에 비해 소녀들이 열등감을 갖지 않으며,
건강한 성과 표현의 자유를 위해서라도
여러 매체를 통해 대한민국의 성 담론을 확장시켜야 한다.

더욱이 비정상적인 성의 관심과 일탈을 순화 · 희석시키기 위해

문학 작품 · 연극 · 공개 누드 크로키 · 영화 등을 통하여

성실하게 노출해야 한다.

인터넷에 아직 여성 전용 성인방송국 하나도 없는데

남성의 성 해방구는 100개나 된다니

억압된 성이란 도대체 누구를 위한 표현인가!

예술은 도피다

예술은 부자유로부터의 도피다.
충족될 수 없는 내밀한 욕망을 위한 대체물이다.
승복할 수 없는 세상을 향해 지르는 외마디 고함소리다.
그렇다.
가진 자의 위락에 평생 봉사하는 시녀 역할에 화를 내면서도
날것으로 굴러다니며 관습을 조롱하되
충혈된 눈으로 위험한 진실을 말할 줄 알며,
가난을 무슨 등록상표처럼 달고 다닌 것 말고도
진리의 면류관을 써보는 과분함도 간혹 있었으니…….

그러나 예술의 진면목은 불꽃튀는 치열함이다.
치열한 인생이 치밀하지 못해
곳곳에서 누수 현상을 보이기 일쑤지만
두 눈 똑바로 뜨고 바라보는 형벌 같은 이 길을 선택한 사람들은
하나같이 사람을 사랑하는 병을 끼고 사는 게 특징이다.
순례자의 고통이 흠뻑 담긴 작품의 향기는 시대를 건너가며
뒤에 오는 순례자들에게 반려와 이정표 노릇을 해줄 뿐 아니라,

승화된 예술은
세인들의 정신적 구원의 도피처가 된다.

처음도 끝처럼
끝도 처음처럼…….

사랑하라
사랑하라
사람을 사랑하라!
사람을 사랑할 줄 모른다면
당신은 예술을 사랑할 자격이 없는 것이다.

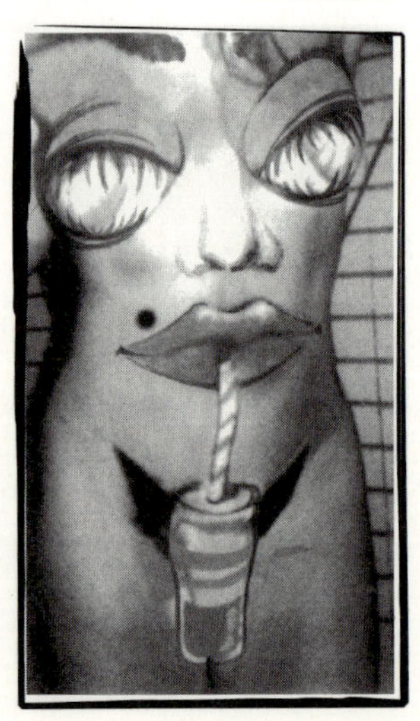

키스 미 kiss me

버드 키스 Bird kiss — 새들이 부리를 맞부딪치듯이
프렌치 키스 French kiss — 입술을 벌린 채 혀만 장난치듯
이팅 키스 Eating kiss — 입 속으로 들어온 혀를 살짝 깨물어주는
크로스 키스 Cross kiss — 코를 부딪치거나 입술을 교차시켜 맞대는
인사이드 키스 Inside kiss — 입술과 혀를 받아들이는
슬라이딩 키스 Sliding kiss — 입술을 밀착시킨 후 미끄러지듯
　　　　　　　　　　　　자극하는
햄버거 키스 Hamburger kiss — 위 혹은 아랫입술을 무는
에어클리닝 키스 Air cleaning kiss — 서로의 입안에 공기를 넣었다
　　　　　　　　　　　　빨아들이는…….

침 속에 있는 뮤신 mucin이라는 성분은
음식물의 윤활제 역할을 하며,
프티알린 petaline이라는 효소는
구강 속에서 살균제 작용을 한다.

이는 알카리성 액체로서
치아의 에나멜 질을 침식시키는
산을 치환시켜주는 역할을 한다.
이 때문에
감기에 걸린 사람과 키스를 해도
감기가 옮지 않으며,
오히려 면역력이 강화된다 하니
키스, 키스 많이 하세요!
더욱이 여자의 침 속에는 최음 물질이 함유되어 있어
여성의 침을 삼키면
흥분이 더욱 빨리 된다는 학설도 있으니
목마른 남성들은 기억하면 좋을 듯⋯⋯.

＊키스는 인간이 유일하게 개미의 행위를 모방한 것으로,
 개미들이 영양교환을 위해 서로 끌어안고 입을 맞대는 행위에서 비롯된 것이
 라고 한다.

에로스愛慾문화의 4계단

1. 하와Chawwa : 대지, 즉 아기를 낳는 생산적인 어머니를 상징한다.
2. 헬레네Helene : 성性과 아름다움, 개성을 두루 갖춘 낭만적인 여
   자를 상징한다.
3. 마리아Maria : 에로스를 최고의 가치로 드높이는 영적인 어머니
   를 상징한다.
4. 소피아Sophia : 마리아 계단을 한 단계 넘어선 에로스의 영화靈化
   를 상징하며, 지혜의 경지인 사피엔치아를 일컫
   는다.
   현대인들이 도달하기에는 너무 먼 거리를 뜻한다.

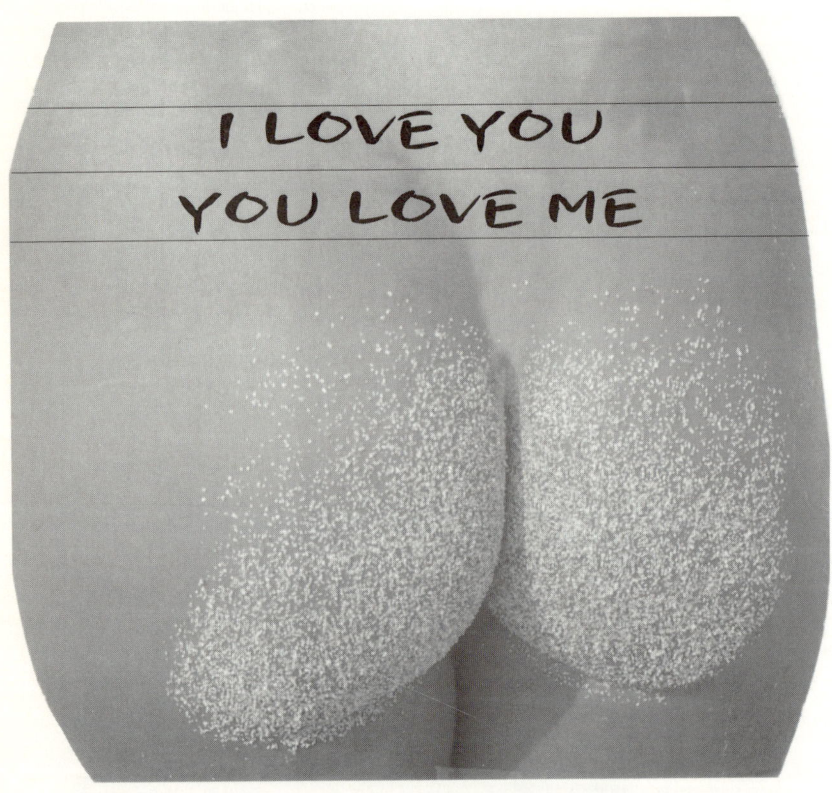# I LOVE YOU
YOU LOVE ME

흔적이 없는 사람과는 인생을 논하지 말라!

고해성사

어느 성당 신부님께 사람들이 찾아와서 고백을 하는데,
내용이 언제나 똑같았다.
"신부님, 오늘 누구와 간통을 했습니다."
"신부님, 오늘 누구와 불륜을 저질렀습니다."
그것도 하루 이틀이지,
신부님은 그런 고백성사를 듣는 것이 아주 지겨웠다.
그래서 하루는 미사시간에 사람들에게 이렇게 말했다.
" '오늘 누구와 간통을 했습니다. 오늘 누구와 불륜을 저질렀습니
다.' 라고 하지 말고,
'오늘 누구와 넘어졌습니다.' 라고 하세요."
그 말을 들은 사람들은 그 다음 날부터
'신부님, 오늘 누구와 넘어졌습니다.' 라는 식으로 고백을 하게 되
었다.
세월이 흘러, 그 신부님은 다른 성당으로 가시고
새로운 신부님이 오셨다.
그런데 새로 오신 신부님이 고백성사를 들어보니,
대부분이 '넘어졌다.' 는 소리만을 하는 것이었다.

이유를 곰곰이 생각한 신부님은
독실한 신자였던 시장을 찾아가서 말했다.
"시장님, 시 전체의 도로공사를 다시 해야 할 것 같습니다.
도로에서 넘어지는 사람들이 너무 많습니다."
그 말이 무엇을 뜻하는지 알고 있는 시장은
혼자서 껄껄 웃기 시작했다.
그러자 이것을 본 신부님이 이렇게 말했다.
"시장님, 웃을 일이 아닙니다. 어제 시장님 부인은 세 번이나 넘어
졌습니다."

22 욕망의 전이

빈두精液

산스크리트 어인 빈두는 몸 속에 있는 미묘한 액체로
우리 몸의 신경계통을 지배하는 일종의 화학 물질을 가리킨다.
신체의 골격은 에너지의 통로인 수슘나와
의식 에너지 센터인 차크라로 이루어져 있고,
호흡 에너지인 프라나는 신체를 움직이고 변화시키는 역할을
한다.
빈두는 의식이 육체적인 감각을 정리하는 일을 포기하고
각성 상태를 유지하도록
육체적인 감각과 영적인 감성 사이에서 마디 역할을 한다.
또한 생리적인 의미의 남자의 정액이나 여자의 애액愛液을 가리키
기도 한다.
탄트라 요가에서는 고통스러운 윤회의 씨가 되는 정액을
깨달음의 문을 여는 에너지로 승화시키는 훈련을 한다.

*탄트라 : 연속체 또는 연속적으로 밀려오는 물결을 일컫는 말로, 감각적 합일
  을 통해 깨달음을 확신하여 번식시켜 나간다는 뜻을 가진 산스크리트어.

섹스와 식사

種의 생존을 위해 꼭 먹어야 한다.

때와 장소를 가리지 않는다.

외식을 하면 기분이 좋아진다.

끝난 후엔 졸음이 쏟아진다.

플라스틱 덮개를 쓸 때가 있다.

과하면 병이 날 수도 있다.

당신도 동물이다.

카주라호Khajuraho

생의 에너지가 맞부딪치는 소리가 지금도 나는
인도 카주라 호 지방에 있는 사원에 가면
성애의 향연을 벌이는 각양 각색의 조각상들이 눈길을 붙잡는다.
리얼하다 못해 살아 움직이는 것 같은 갖가지 포즈는
그 정교함이 오늘날과 비교해도 전혀 손색이 없는 것 같다.
각 부위의 미세한 근육의 떨림과 환희에 찬 얼굴 표정에서는
금방이라도 열락의 울음이 들려오는 듯하다.
이렇듯 관능을 표현한 미투나mithuna 상像은
해탈과 창조의 기쁨을 나타낸
탄트라tantra 사상에서 비롯되었는데,
예로부터 인도인들은
성행위를 통해 깨달음을 얻을 수 있다고 믿었으며
새 생명(다른 우주)을 탄생시킬 수 있는
강력한 에너지의 만남이 성교라고 생각했다.
탄트라는 한때 피의 제식祭式과 섹스의 향연으로 유명했던
밀교의 경전이며,
오늘날의 요가도 여기에서 파생된 것이다.

본래 밀교密敎는 개체와 전체의 신비적 합일을 목표로 하던 종교로,
특히 생산력과 결부된 여신女神인 시바 신을 숭배한다.
밀교에 입문하기 위해서는 다섯 가지 단계,
술·생선·고기·볶은 쌀·섹스를 공유해야만 가능했다.
특히 서로의 늑골을 통과하여 뇌에 이르는 열반,
그 공유의 최종 단계인 섹스에 이르러 대자유를 얻어야만
비로소 모든 사람과 사물이 평등해질 수 있다고 믿었다.

생동감liveliness

섹스는 아름다움을 지닌 리듬이요 율동律動이다.

그 아름다움은

형태상으로는 생동감을 동반하고,

동작 면에서는 부드러운 몸매와

익살스럽고 발랄한 얼굴까지 하고 있다.

차갑고 따뜻하고 예쁘고 미운 것도

빈틈없는 육체의 자연스러움 앞에선

바이올린과 피아노의 대담처럼 경쾌한 동기를 연주하고 만다.

화려하고 변화에 차 있는 사랑스런 선율로

가끔 사람들을 깜짝 놀라게 할 때도 있으나

나이테에 걸터앉은 경묘한 춤사위는 예기치 못했던 상황에서

오히려 처연하게 임무를 수행하기도 한다.

달콤하게 속삭이듯 안단테로 다가가

감동적으로 노래하듯 안단티노로 줄을 늘리고

사랑스러운 유혹에선 격렬한 알레그로로

미칠 듯이 뛰어올라 팽팽하게 날어 서면

탄식하듯이 고귀한 알레그리시모의

최적온도 섭씨 37. 2도는 클라이맥스의 경련을 낳는다.

가슴 아픈 듯이 다시 하강할 수밖에 없는

모데라토로 운명 같은 숨을 날리며

목가 풍의 유연한 입술로 속눈썹을 간지럼 태우다

다시 안단테로 마무리하는 일생…….

주저 없이, 생동감 있게

오늘밤 한번 해보시겠다구요, 구요, 구요…….

*37. 2도 : 여자가 임신하기에 가장 적합한 사랑의 최적 온도.
　　유쾌한 농담

30 욕망의 전이

농담

꽃과 벌의 윙윙거림과 조화를 이루는
향기 가득한 정원에서
동물의 성행위를 흉내내는 것은
동양의 신비한 수행의 하나로
오랜 전통이 숨어 있다.
동양에서는
유쾌한 농담이나 웃음 등이
장례 · 출산 · 결혼 등에서 권유되었던 만큼 유쾌한 농담이
에로티시즘을 대체할 순 없으나
성욕의 긴장을 풀어주는 치유법은 된다.
섹스보다 유쾌한 농담이 세상에 없듯이……

아사나Asana

'요가'는 산스크리트 어원으로 '결합하다.'라는 뜻이다.
절대적인 실상과의 결합을 통해
상대적인 시간 · 공간 · 인과因果로부터
영혼이 자유로워지는 것을 말한다.

육체운동인 아사나asana와 호흡법인 프라나야마pranayama,
명상법인 디아나dhyana로 이루어진 요가는
다섯 가지 몸으로 구성되어 있다고 한다.

육체 층인 아나마야코사, 호흡 층인 프라나야마코사,
마음 층인 마노마야코사, 이지와 에고의 층인 비즈나나마야,
영적 희열의 층인 아난다마야코사를 말한다.

요가의 결과이자 꽃이라 할 수 있는 것은
삼매라 부르는 순수의식이지만
이런 과정을 확고히 정립하기 위해서는
인격적 · 도덕적 수양 단계인
야마yama, 금계와 니야마niyama, 단계를 거쳐야 한다.

요가, 명상은 마음을 마음의 표면적인 의식으로부터
심층적인 고요함 속으로 이끌어내려
내면의 초월의식으로 다가가게 해준다.
요가의 정적인 움직임과 심호흡법은
몸 속에 억압된 갈등의 에너지를 이끌어내고
그 열린 에너지는 우리 몸을 해독시켜주는 역할을 한다.

다른 운동은 인간의 근육을 강화시켜
단단하고 부풀어 보이게 하지만
요가는 반대로 이완시켜주어
몸이 유연해지고 날씬해 보이는 작용을 한다.
아사나(자세)에는
나비 · 메뚜기 · 쟁기 · 코부라 · 비둘기 · 거북이 자세 등이 있다.

누드 부각 浮刻

두 손으로 받쳐들면 날아갈 것 같은
햇살이 찍은 눈부신 발자국
아사삭 한 잎 베어 물면 입안 가득 번지던 상쾌
싱싱한 깻잎에 찹쌀 풀을 발라
이 그늘에서 잘 말려진 그 한여름을
소금이 톡 튀는 끓는 기름에 담그자
유면流面에 나타나는 새털구름들.
나무 수저로 순하게 어루만진 후에
한지 깐 소쿠리에 나붓이 앉힌다.
대살 틈으로 투명한 계절이 지나가고
빈들에 황망히 첫눈 내릴 때쯤
낯선 손님이 방문하여 사랑채에 머무신다.
그 밤 다과상에 올라앉은 누드는
알뜰한 사치를 누리다 가는 여름 한 조각이다.
나도 누구의 음식이 되고 싶다.

지혜의 조개

탄트라에서는 여성의 클리토리스clitoris와 윗입술 부분에 자리한
미묘한 신경에서 오르가즘의 에너지가 나온다고 가르치고 있으며,
이를 '지혜의 조개' 라고 묘사하고 있다.

인도 고전에 나오는 네 가지 여음상女陰像

1. 연꽃형

멋진 옷 입기를 좋아하며, 갓 피어난 연꽃 향을 풍긴다.
낮에 섹스하기를 좋아하고, 부끄러워하거나 긴장할 줄 모른다.
식성이 까다롭지 않으며, 쾌락을 여유롭게 즐길 줄 안다.

2. 암말형

부드러운 목소리의 소유자로서 특히 눈이 아름답다.
분비액에서는 아카시아 꿀 냄새 같은 향기가 나며,
짐승처럼 하는 것을 좋아한다.
다재다능하며, 휴식과 풍요로운 생활을 즐긴다.

3. 조개형

   붉은 색 꽃과 화려한 장신구를 좋아하고,

   음부는 목구멍 색을 띠고 있으며 분비액은 바다의 맛이다.

   해조음 같은 소리를 내며,

   달빛 아래서 섹스하는 것을 유난히 좋아한다.

4. 코끼리형

   거칠지만 강한 피부를 갖고 있으며, 쉽게 만족하지 못한다.

   약간 매콤한 맛의 분비액은

   발정기 때의 코끼리 사향 냄새와 비슷한데,

   지속적인 섹스를 즐길 뿐만 아니라 어떤 환경에서든 적응을

   잘한다.

소녀경

〈도덕경〉은 도덕 선생님이 보시고,
〈소녀경〉은 소녀들의 필독서인 줄 알았던 시절이 있었다.
무심코 펼쳐 든 〈소녀경〉에는
깜짝깜짝 놀라면서 죄책감에 온몸을 떨어야 했던
웃지 못할 추억이 담겨 있다.

도교의 자연주의 사상과 고대 중국의학을 토대로 쓰여진 이 책은
몸의 피폐를 피하면서 사람을 살리는
음양교접의 비법을 알려주고 있다.
〈소녀경〉은 궁극적으로
쾌락과 동시에 무병 장수를 추구하고 있는데,
이를 위해 구체적으로 제시한 실천 방법이 방중술이다.

중국의 남성들은 여성의 작은 발에서 성적 매력을 느꼈다고 한다.
때문에 발이 작을수록 성적 효용이 크다고 믿은 여성들은
손바닥 위에서 춤을 출 정도로 발을 작게 만들었으며,
북송 시절에는 전족纏足을 개발하여
'제 2의 성'의 세계를 만들었다고 한다.

식食 : 전족의 꺾어진 발가락 사이나 발바닥의 깊은 구멍 속에

　　　수박 씨나 건포도 등을 넣어두고서

　　　이것을 혓바닥으로 꺼내는 행위.

협挾 : 여성의 두 발을 남성의 가슴에 세게 껴안는 것.

연 : 발끝을 어린이가 젖니 빨듯이 빠는 것.

지祗 : 발 전체를 핥는 것.

치齒 : 가볍게 깨무는 것.

교咬 : 발의 앞부분을 세게 무는 것.

농弄 : 발끝과 뒤꿈치를 맞추어 쥐고 꺾으면

　　　작은 공동이 생기는데, 여기에 남성을 삽입해서 마찰하는

　　　행위.

*전족纏足 : 피륙으로 여자의 발을 감아, 발을 작게 만들던 중국 풍속의 하나.

섹스는 자란다

수없이 많은 섹스의 상징은 눈짓의 기호로부터 발전되었다.
우리가 마음속에 어떤 기호를 갖는 것을 개념이라고 한다면
새로운 섹스의 상징은 생각에 의해 개념화되는 것이라고 할 수 있다.

섹스는 오직 섹스로부터 출발하여 새롭게 자라나고,
그렇게 자라난 새로운 섹스의 상징들은
알게 모르게 사람들 사이에서 공유되기 시작한다.

섹스를 사용하고 경험하는 과정에서
그 상징의 의미가 더욱 자라나게 되면
섹스의 상징은 드디어
사람에게 말을 할 수 있게 되는 것이다.

테누토 방법도 좋지만,
페르마타 기법이 난 더 좋은데…….

* 테누토tenuto : 그 음표가 가진 길이를 충분히 지켜서 연주하라는 뜻.
* 페르마타fermata : 어떤 음표나 쉼표를 연주자의 해석에 따라 2~3배로 늘여서
  연주하는 것.

독화청향

만취한 사람의 걸음걸이가

갓 걸음마를 시작한 아이의 걸음을 닮은 것처럼

극한 몽환夢幻은 태아의 자세를 취한 채 혼절한다.

생에 대한 충동·애수·정열 그리고 지독한 즐거움은

최상의 악기를 표현하는 데 없어서는 안될 재료들이다.

물과 약간의 단백질과 약간의 도덕심으로

잘 배합된 황금빛 정액 방울들은

언제 봐도 이음새가 전혀 없는

비경秘境의 카타르시스를 느끼게 한다.

이 그림을 보고 있으면

대리만족이라는 고전적 미덕이 생각나기도 하고,

가까이 다가서면 밤꽃 냄새가 풍기는 것 같아

나도 모르게 입술을 축이게 된다.

이렇듯, 본다는 개념에서 읽는다는 개념을 넘어

경청하는 단계에 이르러 통찰의 향기를 들을 수만 있다면

이미 말은 놓일 자리를 잃어버리게 되는 것이다.

* 독화청향讀畵聽香: 그림을 읽고, 향기를 듣는다.

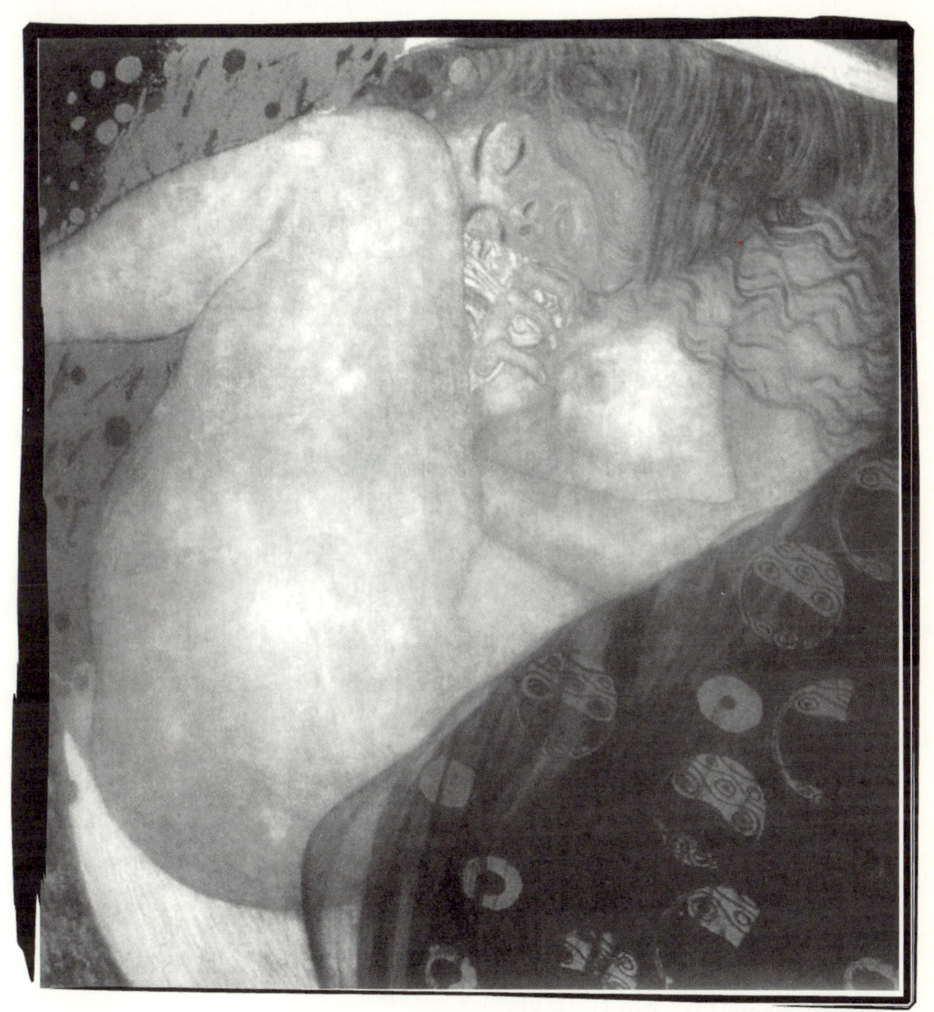

몽환적 에로티시즘을 보여주는 구스타프 클림트의 다나애

슬픔, 1882

드로잉을 시작하고 몇 년이 지난 어느 날 한 여자를 만났다.
석판화 속의 그 여자는 임신 중이었으며, 예쁘지도 젊지도 않았다.
쉬지 않고 술을 홀짝거렸고, 험하게 세상을 비난하는 버릇이 있었다.
한번도 고급스러운 치장은 해본 것 같지 않은 검은 머릿결에서
버림받은 여자의 외로움이 고스란히 내려앉은 탄력 없는 피부에서
속됨俗과 성스러움聖이 동시에 느껴지는 독특한 여자였다.

한 가난한 남자가 다가와 모델이 되어줄 것을 청한 다음,
여자의 알몸에서 울려나오는 불협화음을
그림으로 그리기 시작했다.
1853년 네델란드 산 이 남자가
임신한 창녀 시앵과 20개월을 동거하는 동안
그녀를 모델로 그린 작품이 바로 이 〈슬픔〉이다.

자신의 오른쪽 귀를 자른 이 남자는
37세 때 권총자살로 생을 마감하면서
'인생의 고통이란 살아 있다는 그 자체이다.' 라는 말을 남겼다.

꿈틀거리는 태양에너지를 화폭에 옮겨닮은
'빨강머리 미치광이' 라는 별칭으로 불렸던,
나보다 100살 연상인 이 남자의 본명은
빈센트 반 고흐이다.

누드 수업중 **2**

굳고 강한 것은 죽음의 속성이고,
부드럽고 약한 것은 삶의 속성이다.
큰 나라는 천하의 암컷이고
암컷은 항상 고요함으로 수컷을 이기지만
고요함으로 인하여 아래가 된다.

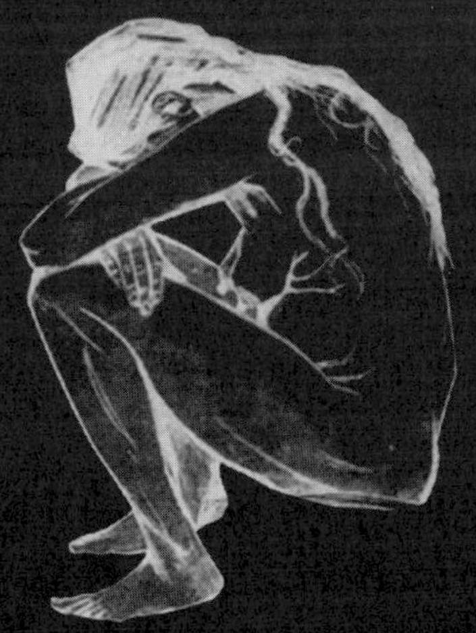

남녀추니의 슬픈 해독제는?

신!
부·재·중…….

*남녀추니 : 자웅동체처럼 한 몸에 남녀의 생식기를 다 가진 사람으로, 헤르마
프로디토스Hermaphroditus 혹은 앤드러자인 Androgyne 또는 '어지자지' 라고
도 불린다.

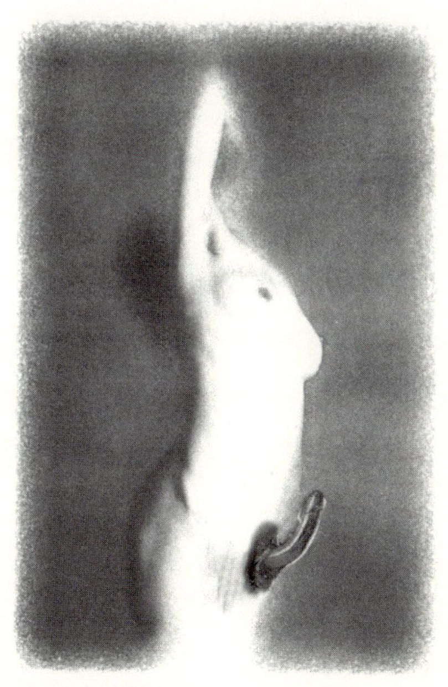

좌판에서 만난 친구

 '당신도 눈부실 땐 선글라스를 쓰세요.' 라고 말하고 있는 이 사진은
93년 여름 몽마르트 언덕의 좌판에서 만났다.
만나는 순간, 그 희극배우 같은 모습에 그대로 매료되었다.
망설임 없이 지갑을 열려 할 때
같이 간 큰 딸애가 갑자기 끼어 들어
두 눈을 하얗게 흘기면서 내 손을 확 낚아채는 것이었다.
"정말 못 말려, 어휴!"
창피해 죽겠다는 표정이 역력했다.
비통하리 만큼 아쉬웠지만
어쩔 수 없이 그리움만 안은 채 귀국했다.
세월은 쏜살같이 흘러
97년, 아들이 영국으로 어학연수를 떠났다.
그때를 절호의 기회로 삼아 나는 다시 몽마르트에 올랐다.
그 사진이 아직도 있을까 조바심을 치며 좌판을 돌던 나는
그 눈부심에 눈을 제대로 뜰 수가 없었다.
선글라스까지 끼고 햇볕에 나와서 나를 기다리고 있는
그를 만난 것이다.
거짓말처럼 반가웠다.
선글라스에 여유 있게 담배까지 피워 문 친구도 있었지만
나는 내 첫 마음을 선택했다.

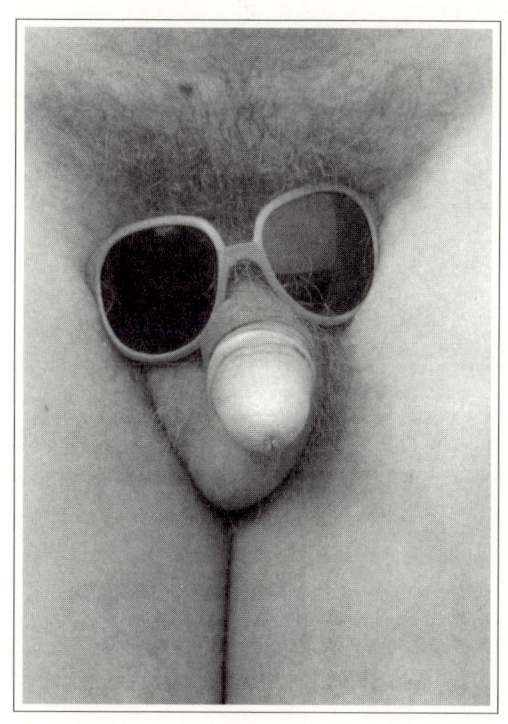

신이여!
인간으로의 환생의 길이
왜 이리 험하고 험난하나이까?

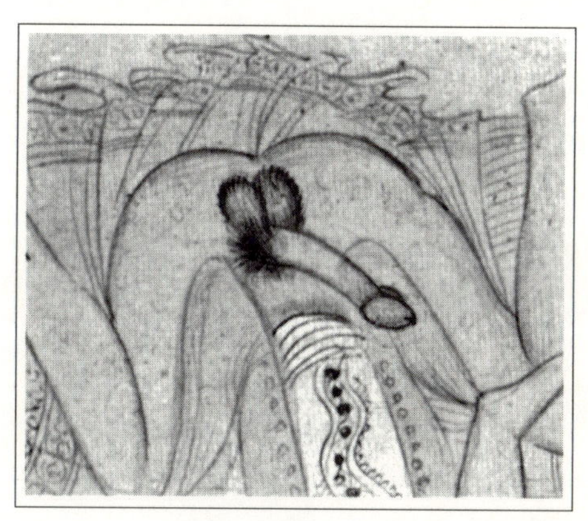

우산 말리는 시간

물은 자신감과 평화를 준다.

너의 평화

나의 허리 아픔…….

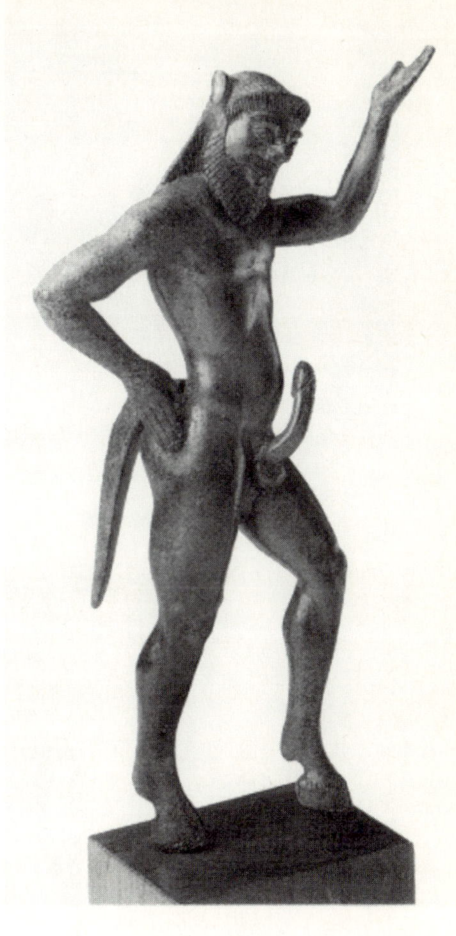

당신을 만족시킬 것인가.
나의 영혼을 기쁘게 할 것인가······.

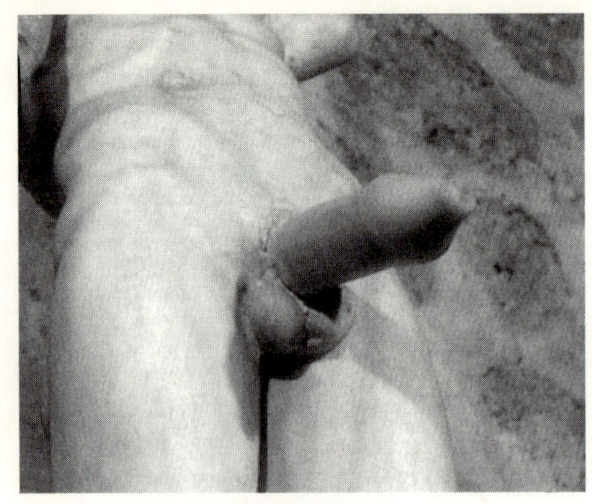

나보다 먼저 일어나
나를 깨우는 아침.

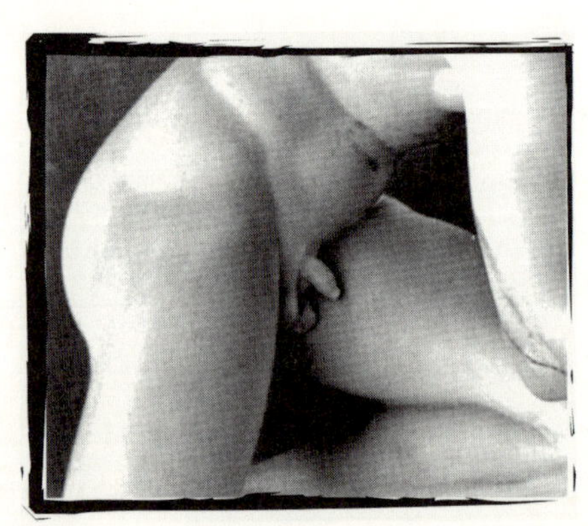

● 여자를 과일에 비유한 경우

호두 : 10대 ─ 깨치기만 힘들 뿐, 먹을 게 없다.

밤 : 20대 ─ 겉은 떫으나, 날로 먹고 삶거나 구워 먹어도 맛있다.

수박 : 30대 ─ 기다렸다는 듯, 칼만 대면 쫙 벌어진다.

석 류 : 40대 ─ 때가 되면 스스로 벌어진다.

토마토 : 50대 ─ 과일도 아닌 것이 과일인 척한다.

곶 감 : 60대 ─ 과즙은 말랐으나, 오래 씹으면 가을을 느낄 수 있다.

● 여자를 공에 비유한 경우

축구공 : 10대 ─ 여러 명이 미친 듯이 쫓아다닌다.

농구공 : 20대 ─ 숫자가 적어지고, 가까이서 쫓아다닌다.

골프공 : 30대 ─ 남은 한 명만 죽자살자 쫓아다닌다.

탁구공 : 40대 ─ 서로 남에게 미룬다.

피구공 : 50대 ─ 맞을까 무서워서 몸을 피한다.

바람 빠진 공 : 60대 ─ 아무도 관심 없다.

달리기 선수

운동회 날 달리기만 했다 하면 꼴지 하는 녀석이
하루는 학교에서 헐레벌떡 돌아와서 하는 말 좀 보소.
"엄마, 나도 달리기에서 일등 한 적이 있다며……?"
"야야, 숨 좀 쉬고 말해라. 뜬금없이 무슨 소리고?"
"선생님이 그러셨는데, 이 세상 사람들은 모두 일등 한 정자들이
래. 그것도 2억 마리 중에서……."
"맞다, 그러나 니는 떠밀려서 일등 한 정자하고는 근본부터 다른
기라."

목욕탕에 있는 남자에게 전화가 왔다

"자기, 나야."
"응, 왜 그래?"
"지금 전시장에서 봤는데,
빨간 오픈카를 사고 싶어. 신형 수입차야."
"마음에 들면 사."

"자기, 나야."
"응, 또 뭔데?"
"지나가다 봤는데 옷이 너무 맘에 들어.
오백만 원인데 진짜 예뻐."
"그래, 사."

"자기야! 난데, 오늘 너무 기분 좋다.
기분 좋으니까 우리 몰디브로 여행 떠나자."
"좋아, 그렇게 하자."

아니, 그런데 이 휴대폰 누구 거지……?

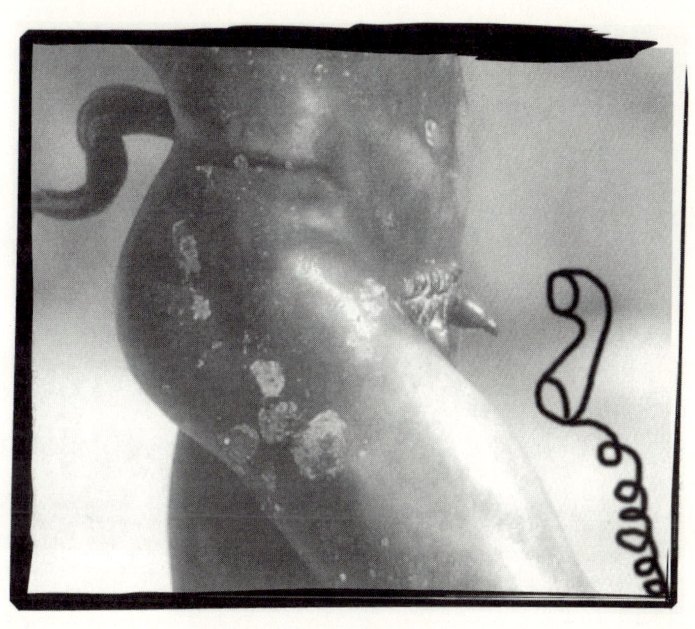

남자의 액세서리

모든 문화의 배경에 신화가 존재하는 것처럼
동서 고금의 풍속에는 남근 숭배 사상이 있기 마련이다.
발기한 음경은 흔히 성난 모습에 비유되는데,
거대 페니스를 바라는 남성의 욕망과
가부장 체제에서의 권력욕을 떠오르게 한다.
남성의 정력은 크기가 아니라 자신감이며,
발기 시 5cm 이상만 되면 아무 지장이 없다.
그럼에도 페니스의 크기 · 발기 능력 · 지속 시간 등을
프라이드와 연결짓는 것은
남성의 이면에 완벽주의 콤플렉스가 깔려 있기 때문이 아닐까.
자신의 페니스를 위에서 내려다볼 때
남보다 작아 보이는 착시 현상이 생기면
초조해하지 말고 전신 거울에 옆 모습을 비춰봐라.
한층 자신감이 높아질 것이다.
또한 발기가 가장 잘되는 때는
싱그러운 가을 아침임을 기억하라.

절 고용하세요 Hire me

사랑하는 난자 씨,
보고 싶어요.
주저하지 마시고 절 고용하세요.
당신의 선택에 만족하실 거예요.
훌륭한 당신의 말이 되겠어요.
세상이 암흑으로 뒤덮이는 그날까지
오직 당신만을 위해 일하겠어요.
예전엔 제가 난자 씨를 찾아갔지만
이제는 난자 씨가 저를 불러내도 괜찮아요.
그러나 아직도 저나 다른 친구들 대부분은
난자 씨의 페르몬 냄새를 좇아
목숨을 초개와 같이 버릴 준비로 하루하루를 살아가지요.
목숨을 버려야 얻을 수 있는
사람이 될 수 있는 그 형극의 길에서
통과의례를 기다리고 있는 수많은 후보들 중에
저도 끼어 있다는 걸 제발 잊지 마세요.
난자 씨, 빨리 만나고 싶어요.
난자 씨, 사랑해요.

— 모월 모일 모시에
　당신을 끝없이 사모하며 고추밭을 경작하는 정자가……

사 랑 해
넌
내
꺼
야

마음의 색다른 이름, 열 한 가지

어떤 사람들은 '실체' 라고 부르고
어떤 보수적인 사람들은 '참 자아' 라고 부른다.
성문들은 '무아' 라고 부르며
관념론자들은 '마음' 이라고 부른다.
어떤 사람은 '초월적인 지혜' 라고 부르고
어떤 사람은 '불성' 이라고 부르며
어떤 사람은 '마하무드라' 라고 부른다.
어떤 사람은 '영적인 에너지 초점(빈두)' 이라고 부르고
어떤 사람은 '진리의 영역' 이라고 부른다.
어떤 사람은 '토대' 라고 부르며
어떤 사람은 '평상심' 이라고 부른다.

인간의 마음을 가장 평온하고 고요하게 안정시켜주는 주파수는 73Herz인데,
경주 에밀레종의 주파수가 73Herz라 하니 어찌 놀랍지 않은가.
우리 조상들의 뛰어난 지혜로움은 이미 모든 것을 간파했다는 것 아닌가…….

아담과 이브

파도형 오르가즘Multi orgasm

순결 지상주의에 계신
당신의 질vagina은 안녕하신 지 궁금합니다.
그간 무관심과 냉소 속에 버려졌던 질에 대해
꼭꼭 숨겨야 했던 생명의 통로에 대해
쾌감의 본질을 건드리는 전략으로
조심스레 들어가 보겠습니다.
남성은 여성의 가슴, 힙을 비롯한 은밀한 곳에 관심이 많으며
생식 욕구로 가득 차 있으면서 시각적입니다.
반면 여성은 향수 · 음악 · 촛불 등에 관능적으로 반응하며
촉각적이면서 후각적이며 청각적입니다.
남성의 에로티시즘은 한 발을 발사하기까지는 치열하나
그 후엔 지나치리만큼 단순하며,
오르가즘 역시 여성에 비한다면 빈약한 허풍처럼 느껴집니다.
여성 에로티즘에도 탈진이 나타나기는 하나
탈진은 곧 새로운 욕망을 자극하는 촉매제 역할을 하며,
남자가 생각지도 않은 순간에 곧잘 절정에 이르기도 합니다.
남성의 피라미드 식 순간적 흥분 곡선과는 달리
미세한 경련이 수반되는 여성의 오르가즘은
연이 상승 기류를 타고 하늘로 오르듯

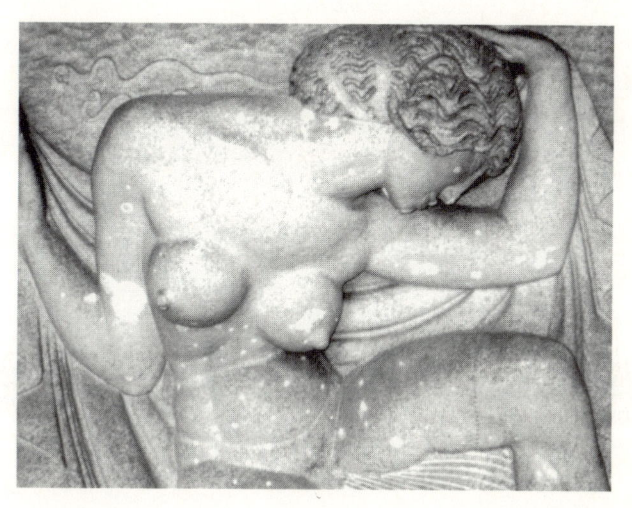

완만한 곡선으로 오르락내리락하다 절정에 다가서는
연속적인 파도형입니다. 개인차가 많긴 하지만 여성은
섹스 중에 여러 차례 오르가즘을 느끼는 것이 상례인데,
이것을 동시 다발성 오르가즘이라고 부르고
또는 복수 오르가즘multi orgasm이라고도 부릅니다.
부식으로는 훔쳐보기의 쾌감과 함께 공존하는
화간和姦의 은밀한 환타지를 빠트릴 수 없답니다.

편 지*

당신의 목과
가슴에
천 번의 입맞춤을
그리고
더 아래
더 아래로 내려와
내가 너무나 사랑하는
자그맣고
까만 숲에도
천 번의 입맞춤을…….

* 나폴레옹이 조세핀에게 쓴 편지.

고개 숙인 남자

"신령님, 제 이름이 '늑대와 함께 춤을' 입니까?"
"아니다, 그건 너의 맏형 이름이니라."
"신령님, 그럼 제 이름이 '달빛 비추는 방앗간에서' 입니까?"
"아니다, 그건 너의 누이 이름이니라."
"신령님, 그렇다면 제 이름이 '잔디 위에서 그 짓을' 입니까?"
"아니다, 그건 네 둘째 형 이름이니라."
"신령님, 그럼 제 이름이 '강물에서의 원초적 본능' 입니까?"
"아니니라, 그건 네 동생 이름이니라."
"신령님, 그렇다면 제 이름은 무엇입니까?"
"오 오라, 네 이름은 찢어진 콘돔이니라."

운동을 너무 싫어하는 젊은이와
운동을 너무 좋아하는 늙은이가
같은 집에 살고 있었습니다.

어느 날부터인가
게으른 젊은이의 고추는
고개를 숙이고…….

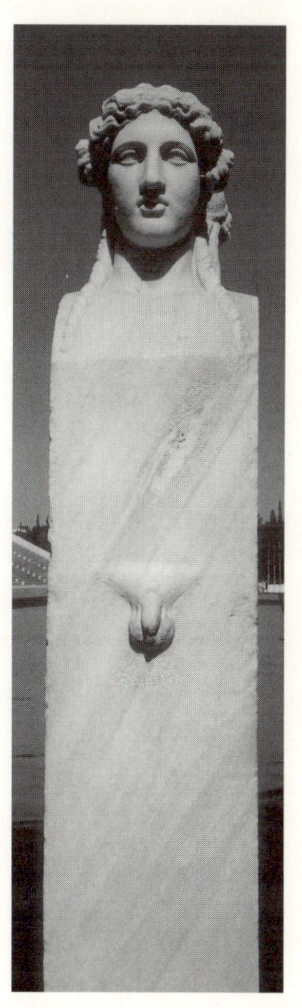

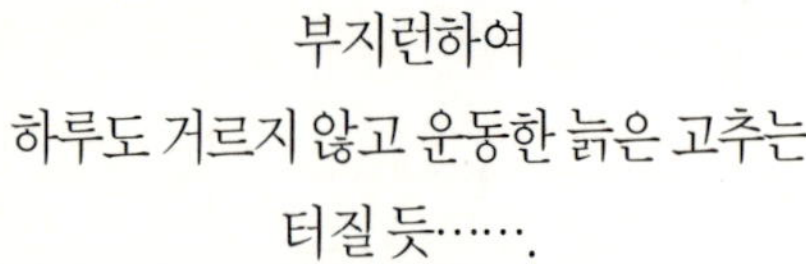

부지런하여
하루도 거르지 않고 운동한 늙은 고추는
터질 듯…….

내자 지덕

옛날 어느 곳에 돈을 많이 번 남자가 있었다.
하루는 사람들이 물었다.
"어떻게 하면 그렇게 큰 성공을 거둘 수 있소?"
그러자 그 남자는 이렇게 대답했다.
"모두 다 내자지덕이요."
그러자 사람들은 더욱 궁금해졌다.
"자지 덕분이라니, 무슨 소리요? 어디 그 연유나 들어봅시다."

"내자지덕內子之德, 즉 '내 내자(아내)의 덕이다.' 라는 말이오.
아직도 무슨 소리인지 모르겠소?"

팥죽 속에는 새알이 없다?

국화빵 속에 있던 국화菊花가 사라지고
붕어빵 속에 있던 붕어가 떠난 지도 오래 되었다.
이 정도는 다들 알고 있는 한물간 우스개일 뿐이지만
내가 진짜 걸려 넘어진 것은 답답한 새알에서였다.
동짓날 저녁, 팥죽이 놓인 상 앞에 앉은 막내가
뜨거운 팥죽 그릇 속에서 무언가를 찾고 있었다.
입김을 쉴 새 없이 후후 불어대면서
쉬지 않고 수저를 저어가면서…….

(잠깐, 불끄고 속삭이듯이……)
이 토기그릇에 김이 모락모락 나는 팥죽을 담고,
한 손으로 길쭉한 부분을 감싸쥐고 앉은 여자아이가
다른 한 손을 부지런히 움직이면서
그릇 안쪽을 들여다보고 있는
액자 속의 풍경이 확연히 보이지 않나요?
제가 원하는 게 바로 그런 것이거든요.
상상하시라! 커트라인이 없는 상상은 보약 중의 보약일진대……
(다시 불켜고……)

"엄마, 왜 새알이 하나도 없어?"
"누가 다 건져먹은 거야? 내 꺼 누가 다 먹었어잉……."
"새가 낳은 단단한 알이 아니고, 찹쌀로 만든 이 동그란 떡을
사람들은 새알이라고 부른단다."
"왜 떡을 새알이라고 불러, 엄마???"

꼬마 철학자의 한 말씀에
죽상이 온통 웃음으로 그득 넘쳤으니,
새해엔 어떤 액운도 근접을 못할 끼다. 그치?

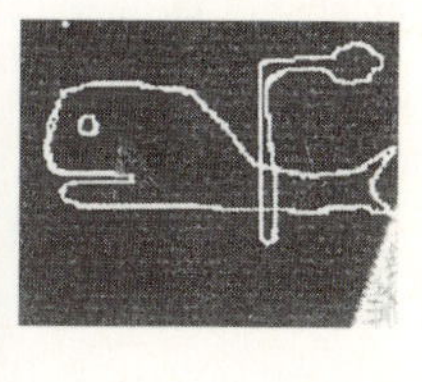

사우나장에서 잠자는 남자 깨우는법

수건에 얼음을 싸서
또옥똑 또옥똑 떨어뜨리면
깨어나라는 사람은 잠잠한데
엉뚱한 것만 벌떡 일어난다.

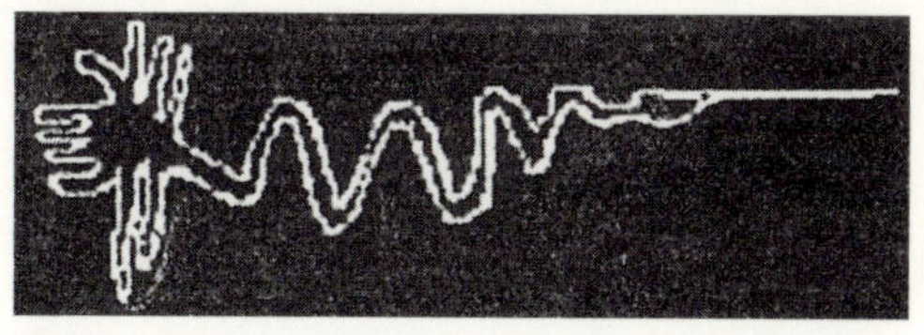

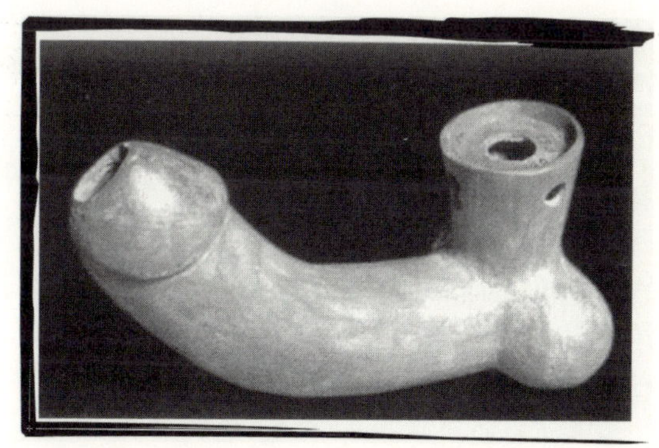

현玄

검을 '현'은 '붉은 빛을 띤 흙'이라는 뜻이다.
대지를 만물의 어머니이자
생산작용을 하는 여성으로 본 견해이리라.
대지가 갈라진 곳인 골짜기谷에서는
물이 솟고 구름이 일고 초목이 자라고 조수가 길러진다.
이처럼 창조력을 갖는 골짜기는
여성을 상징하는 것이라 하여
일찍부터 생식 신앙의 대상이 되어 왔다.
골짜기의 신谷神은 죽지 않으며 그윽하고 심원하기에
이것을 헤아릴 수 없는 암컷, 즉 현빈*玄牝이라고 한다.
현빈의 문을 일러 '천지의 뿌리'라 하듯이…….

굳고 강한 것은 죽음의 속성이고,
부드럽고 약한 것은 삶의 속성이다.
큰 나라는 천하의 암컷이고
암컷은 항상 고요함으로 수컷을 이기지만
고요함으로 인해 아래가 된다.
또한 물은 상징적으로 모성성과 무의식의 속성 그 자체를 나타낸
다.

* 현빈玄牝 : 현빈의 문은 천지 만물의 근원인 동시에 하늘과 땅의 뿌리를 상징
한다. 골짜기의 신은 영원히 죽지 않고 만물을 창조해내니, 이를
일러 현빈이라 한다.

아크야

태양신의 동정녀라고 불리는 뒤꿈치가 분홍색인 이 여인들은
까만 양 갈래 머리에 솜브레로*를 쓰고
리꾸야*를 어깨에 두른 채 너풀거리는 개더스커트를 입고
께나*를 불며 맨발로 춤을 추었겠지.
그때도 그랬겠지.

오래 전 잉카제국에서는 아리따운 어린 소녀들을 선발해
수도인 쿠스코로 보내 평생을 태양신전에서 봉헌할 것을 서약 받고
매일 태양신께 바칠 음식과 봉헌물을 들고 다니게 하였다.
이 역할을 하는 소녀들을 제외한 나머지 여인들은
잉카제국 황제의 후궁이나 귀족 전사의 선물로 보내졌다.
태양신의 동정녀로 뽑힌 여인들이
만약 인간과 사랑에 빠져 순결을 잃는다면,
그 즉시 산채로 매장함과 동시에
그가 속한 공동체 사람들과 동물들을 모두 죽였으며
마을을 불태우고, 아무것도 자라지 못하도록 땅에 소금을 뿌려
하얀 저주받은 땅으로 만들어버렸다고 한다.
작은 구멍이 나 있는 이 페루 도자기 잔을 보면
이 이야기가 생각난다.

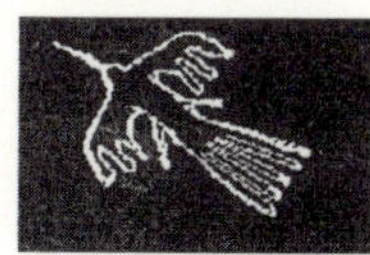

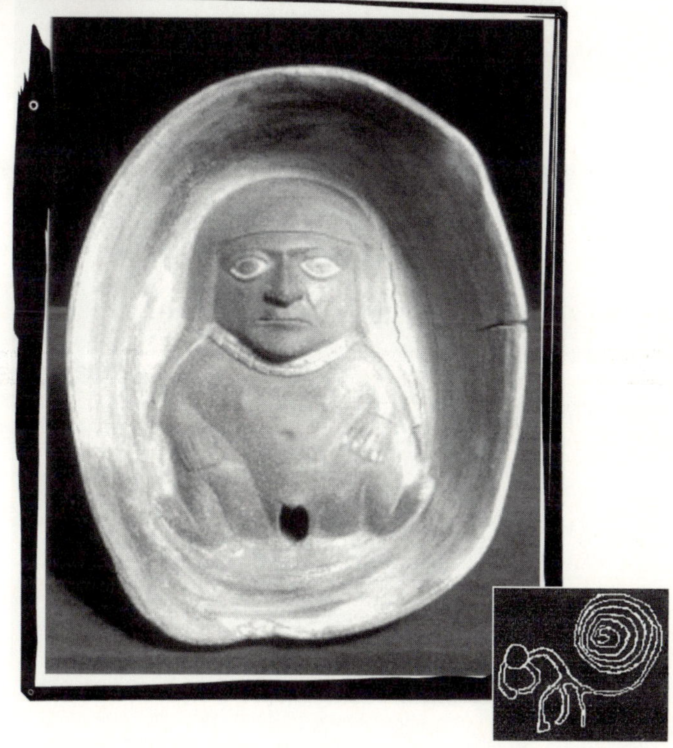

* 솜브레로 : 중절모 같은 둥근 모양의 모자로, 페루 여인은 누구나 다 쓴다.
* 리꾸야 : 숄.
* 께나 : 갈대로 만든 피리.

아름다운 떨림

왜, 이 낯선 그림을 대하는 순간,
오래 전에 읽은 책 내용이 불현듯 떠올랐을까?
'나는 땅에서 생산되었고, 따님인 엄마의 보지로부터 나왔다.
그래서 나는 땅으로 돌아가야 하고,
엄마의 보지 구멍으로 돌아가야 한다.' 라는…….

1986년 3월 '통나무' 에서 초판 발행된
김용옥의 〈여자란 무엇인가〉란 책을 그해 4월에 3,800원을 주고
구입하여 읽었다.
심장이 빠르게 뛰었다.
얼굴색 하나 붉히지 않고 점잖은 행색으로 앉아 있는
'보지' 라는 금기의 단어를
교수가 쓴 책 속에서 처음 보았기 때문이다.

첫 대면에서는 부끄럽고 겸연쩍은 것이 오히려 나인 듯했다.
그러나 차츰 감정이 이완되자
안나푸르나 봉의 눈사태에 휩쓸려 한순간에 눈 속으로 매몰되는
듯한, 차가운 카타르시스와도 같은
신선하고 경이로운 충격이 나를 전율시켰다.
참으로 아름다운 떨림이었다.

보지차내청결

중국에 가서 택시를 탔다.
운전석과 뒷좌석과의 사이가 투명 플라스틱으로 분리되어 있었다.
말도 통하지 않아 멀뚱멀뚱 바깥을 내다보다
나도 모르게 눈이 택시 미터기로 옮겨졌다.
순간, 옆에 쓰여 있는 한자가 본드처럼 날 잡아끌었다.
'保持車內淸潔.'
으잉, 이 무슨 해괴한 말이여?
아니, 샤워 안한 여자는 택시도 못 탄단 말이여?
'한여름엔 분명 '냉冷' 자가 앞에 붙을 것이고,
겨울이면 '온溫자' 가 붙겠지' 하고 생각하며 소리내어 읽어보았다.
'냉보지차내청결.'
'온보지차내청결.'
'차안의 깨끗함을 지켜서 유지할 것' 이라는 뜻임에도 불구하고
얼마나 웃었던지,
그날 난 주름살이 100개나 더 생기고 말았다.

누드 수업 중

누드는 묘사의 희망이다.
화첩에 눈부시게 산화하는
거친 숨소리
꼴깍 침 넘어가는 소리…….

한곳으로만 집중되는 나의 시선이
낯선 남자의 알몸에 강렬히 꽂힌다.
부끄럽다는 고정관념을 꺼내어
서로의 생각 그 바닥에 깔았다.

털 밑에 꼭꼭 감추어 두었던
생각의 어린아이와
어린아이 같은 자연을 꺼내었다.
누드의 자유는 광채다.

누드 수업중 93

누드 크로키

오십 평 넓은 홀 가운데
카펫이 깔리고
누드 모델이 눕는다.

저 포즈는 물고기 자세
저 포즈는 태아의 자세
저 포즈는 외발로 서 있는 화살을 닮았고…….
(우와! 너무 빠르게 지나가는구나…….)

옷 입은 여자가
옷 벗은 여자를 바라본다.
옷 벗은 여자가
옷 입은 여자를 훔쳐본다.

생전 처음 잡아본 목탄이
그녀의 복숭아 뼈에 이르자
처녀의 신음소리를 내며 부러진다.
(이곳은 옷 입은 여자가 옷 벗은 여자 앞에서 벌벌 떠는 곳이다.)

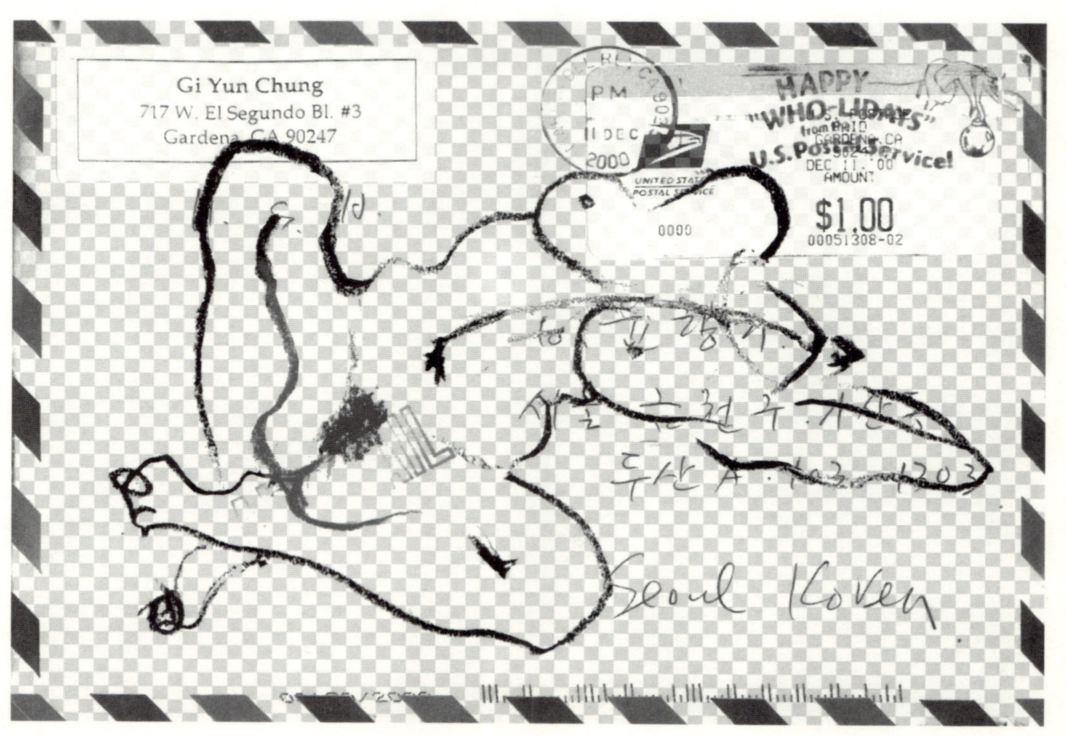
Gi Yun Chung
717 W. El Segundo Bl. #3
Gardena, CA 90247
PM 11 DEC 2000
UNITED STATES POSTAL SERVICE
HAPPY "WHO-LIDAYS"
from RAID
GARDENA, CA
U.S. Postal Service!
DEC 11 00
AMOUNT
$1.00
0000
00051308-02
Seoul Korea

꽃

내게 줄 꽃은 시들면 안돼요
당신 상처 위에 핀 꽃이라 해도…….

내게 줄 꽃은 향기가 없어서는 안돼요.
당신이 나의 사랑 전부라 해도…….

내게 줄 꽃은 당신 가슴만큼 붉은 꽃
오다가 시들 양이면 아예 가슴에 심어보세요.

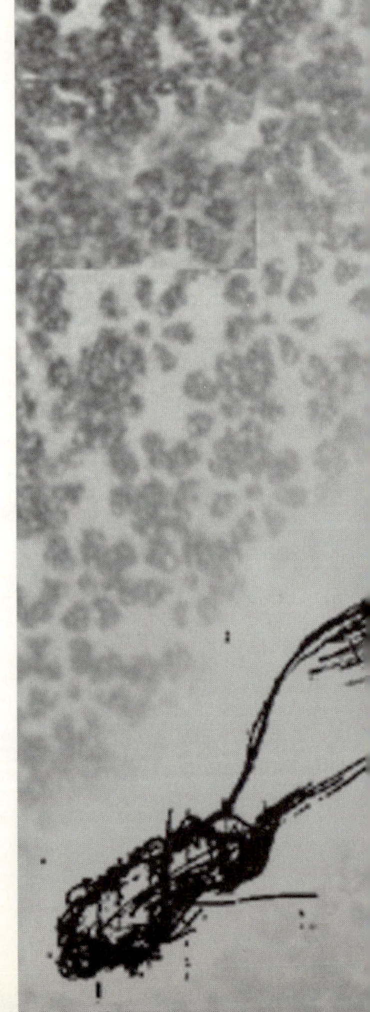

2000 APril. Yhk
누드 수업중

화낼 수 있는 역할을 주세요

프로이드Freud에 의해 창설된 정신분석학적 입장에서 보면,
인간은 비합리적이고 결정론적인 존재이다.
인간의 행동은 어린 시절의 경험과
성 본능 에너지libido의 결과라고 하며,
리비도는 삶의 본능eros과 죽음의 본능thanatos으로
나눠진다고 한다.
프로이드에 의한 인간의 성격 발달 5단계를 살펴보면
1. 구순기 2. 항문기 3. 남근기 4. 잠재기 5. 생식기를 거쳐
성격이 형성되고,
성격은 다시 원본능id, 자아ego, 초자아superego로 구성되며
이 세 가지 속에는 무의식 · 전의식 · 의식이 전체에 걸쳐
존재한다고 한다.
초자아(도덕과 양심)와 자아의 간격이 너무 벌어지면
죄악감과 열등의식이 생기고,

자아가 자기 임무에 실패하면 노이로제에 걸린다.
이렇듯 병적인 불안감은 갈등이 무의식 속에 억압되어
일어나는 기제인데,
병을 건드려 갈등을 드러내기 위해서는
환자가 무의식 동기를 각성하도록 투사와 전이단계를 거친 다음
자유연상을 통해 말로 의사 표현을 하여 자기통찰에 이르도록
상담자가 끊임없이 관심을 갖고 솔직하게 인정해주며
무조건 존중해주어야 한다.
예나 지금이나 화병은 화낼 수 있는 역할이
본인에게 주어지지 않았을 때 걸리는데,
구시대의 유산으로 치부해버리기에는 애매한 면이 많은 증상이다.
때문에 때때로 적절히 자기 몫의 화를 내어야만
건강한 마음 상태를 유지할 수 있다고 본다.
살다살다 힘들고 지쳐 내 자신이 너무 하찮아 보일 때,
그럴 때면 나는 무당이나 점술가를 찾아가서

너무 힘이 들어 스스로 끌어낼 수 없는 얘기를
그들의 입을 빌어 듣곤 한다.
한참 듣다보면 나도 모르게 기분이 후련해지면서
일시적으로나마 탁 트이는 해방감 같은 것을 느끼게 되는데,
이것이 바로 우리들의 마음속에 겹겹이 쌓여 있던
방어기제가 허물어지는 효과가 아닐까 싶다.

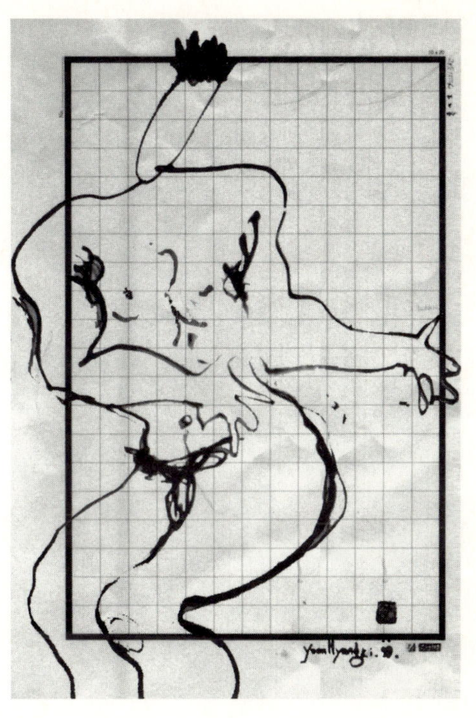

난 무엇일까?

바람일까, 불일까, 물 아니면 흙일까?
무엇으로 만들어졌을까?

나는 71%의 물, 18%의 탄소, 4%의 질소, 2%의 칼슘,
2%의 인, 1%의 칼륨, 0.5%의 나트륨, 0.4%의 염소와
거기에 큰 숟가락 한 술 분량의
여러 가지 희유稀有 원소로 이루어져 있다.
예외 없이 당신도 똑같은 구조물이다.
당신 몸 속을 흐르고 있는 물은 흔하디 흔한 바닷물과 다를 바 없고,
당신의 인은 불을 나르는 노예인 성냥과 한가지이며,
당신의 염소는 수돗물을 소독하는 데 쓰는 염소와 동일한 것이다.
하지만, 나나 당신을 그런 물질들의 덩어리로 봐서는 곤란하다.
육체라 불리는 물질은 나의 종에 지나지 않을 뿐
나는 어디에도 구속받지 않는 축복받은 불멸의 정신이다.
상상을 초월하는 화학적 건축물의 절묘함과 복잡함은
언어 그 이상의 기능이므로…….

yoonllyungki .98.

난 누구일까?

난 잘 먹고, 잘 자고, 잘 웃는다.
또한 나를 간직하기보다는 나를 주고싶어하는 나이에 이르렀다.
난 책읽기를 좋아하고, 손가락 끝에 종이살결이 닿는 것을 좋아한다.
늦게 피는 소국을 좋아하고,
눈 내리는 마을의 작은 불빛을 좋아한다.
당신도 공감한다면, 이미 우리는 친구가 된 것이다.
사물에 대한 동시적인 느낌이 같은 친구는
그리 흔한 일이 아니니까……

나무요일, 보석요일, 땅요일, 해요일, 달요일, 불요일, 물요일
어느 요일에 태어났건 그건 문제가 되지 않는다.
당신의 몸 속에는 나무의 싱그러움과 보석 같은 지혜와
땅 같은 진실과 해 같은 풍요와 달 같은 사유와
불같은 격정과 물 같은 겸손이 흐른다.
누구도, 이 땅의 주인이 아닌 자는 없다.
당신도 주인이다.

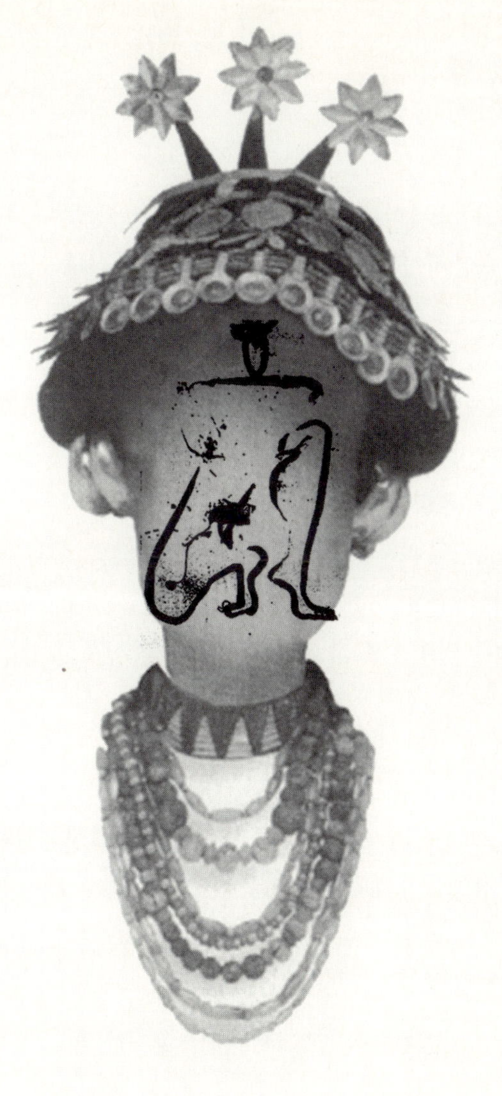

광기의 다른 이름

예술가들의 광기는 영감의 다른 이름인지도 모른다.
기쁨과 불행한 느낌 사이를 오가는 진폭이 매우 큰 이 사람들은
쉽사리 양극단으로 옮겨가는 연성軟性 기질을 드러내 보인다.
이들은 우울증 · 조병 · 초조감 같은 순환 기질을 자주 보이며,
발병은 20~30대에 많으나 갱년기 또는 초로기에 나타날 수도 있다.
조躁 상태일 때는 상쾌감이 주조이면서
낙천적 · 해학적인 경향이 높아지며,
자아 감정이 고조되면 피자극성 · 거만 · 무례 등을
노골적으로 표현하는 일이 많다.
울鬱 상태일 때는 비애 · 불안 · 소격감疏隔感 · 이인증離人症 등의
감정 장애를 주로 보이면서 자아 감정이 손상되어
열등감과 허무감, 더 나아가면 절망에 빠져
죽음에 이르는 이도 있다.
전형적인 환자들의 경우는 두통 · 불면증 · 피로감 · 소화 불량 같은
순환 사이클이 평생 동안 계속되기도 하지만
다행스럽게도 계절적 리듬을 갖는 예술가들은
자기 생활과 작업을 조절하는 법을 터득하고 있기 때문에
심각한 경우를 제외하고는 의사의 치료를 필요로 하지 않는다.

욕망의 습관 **3**

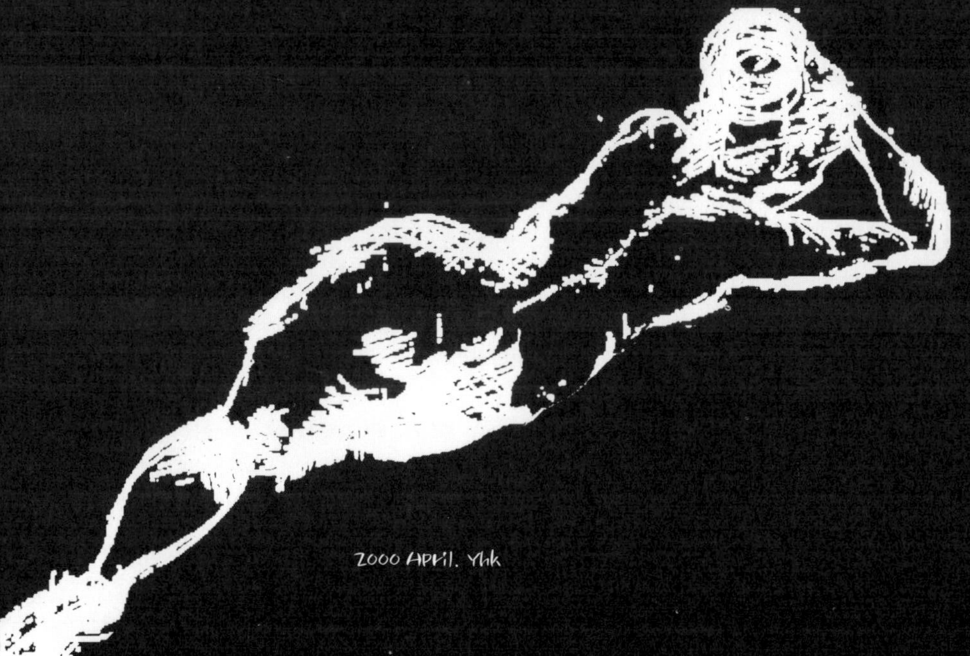

섹스는

오래된 성城에 갇혀 있는 전설이 아니라
달리고 있는 지금 이 순간의 속도다.
섹스는
신생新生이며, 눈부신 초록 생명이다.
어제도 아니고 내일도 아닌
바로 오늘이다.
섹스는
여기에도 있고 거기에도 있으며,
남극과 북극에만 있는 것이 아니라
안데스 산맥의 창백한 잉카의 돌집 마추피추에도,
인도 아그라에 있는 백색 대리석의 진혼가인 타지마할에도
동과 서가 만나는 실크로드의 마지막 종착점이었던
이스탄불의 그랜드바자에도 있다.
섹스는
하나다.
현존, 그 자체다.

왈曰, 섹스란?

부부 왈, 서로 상대방에게 베풀고 있다고 여긴다.

생물학자 왈, XX와 XY가 번식을 위해 유전자를 교환하는 작업이다.

인류학자 왈, 잘 감추어져 있지만 까놓고 보면 원숭이와 다를 바 없다.

동성애자 왈, 좋아하는 음식처럼 사람마다 취향이 다르다.

신부 왈, 신이 허락한 형태대로 충실하게 사용해야 하는 것이다.

정자 난자 왈, 주인들이 우릴 만나게 해주려고 벌이는 에너지 소비장이다.

영화감독 왈, 모든 영화의 주제는 폭력 아니면 이것이다.

연인 왈, 둘이 하나되어 타오르다가 함께 녹아 내리는 것이다.

사법부 왈, 강제로 하기 · 애들과 하기 · 집적대기 등은 법의 간섭을 받는다.

* '야후' 에서 퍼온 글.

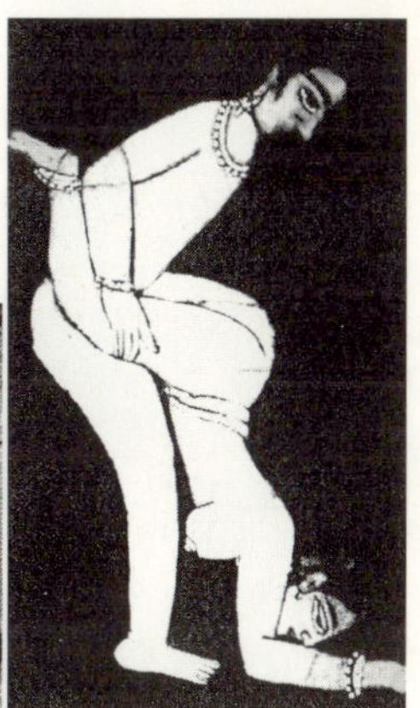

아들아! 사랑 받는 남자가 되려면……

여자의 일에 11이 간섭하지 않고

해주는 음식에 22가 없어야 하며

얼굴과 몸매는 33해야 되고

내리는 결정에 44건건 참견하지 않으며

섹스 할 때 55하고 소리나게 해주어야 하고

때로는 과감하게 66체위로 할 줄 알아야 하며

성격은 77맞아야 하고

정력은 언제나 88해야 하며

언제나 99절절 자상하게 말을 해야 하고

정력은 00해야 한다.

실 존

이 시간에도
세계 어느 곳에서
누군가가
분명히
하고 있다.

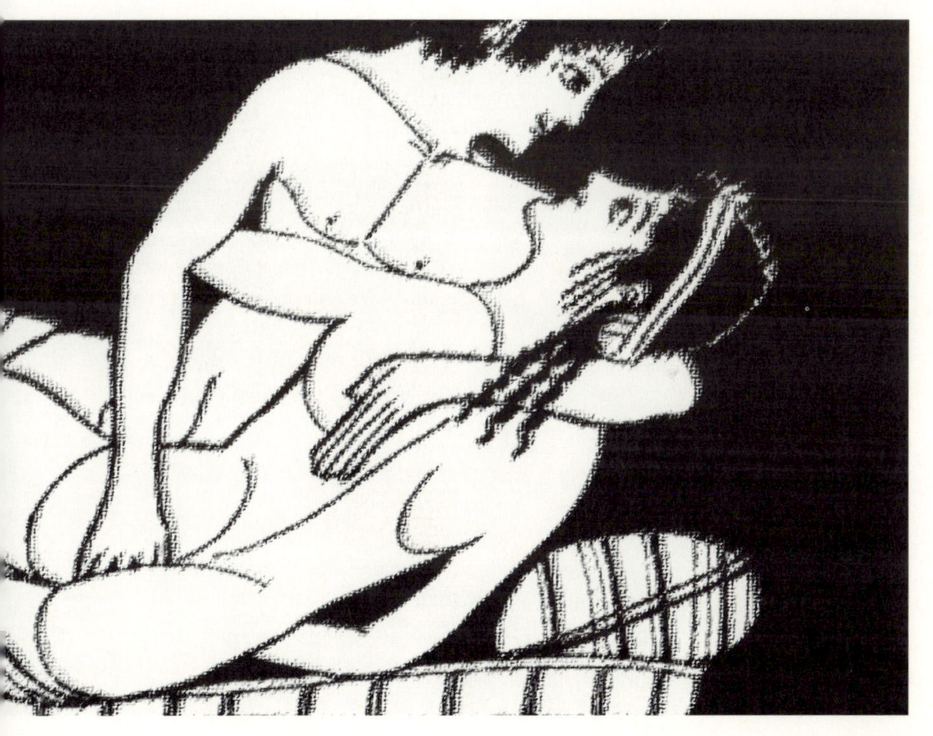

말의 취향

뽀뽀해 줘.
느끼고 싶어.
안아 줘.
닿고 싶어.
사랑하고 싶어.
하나가 되고 싶어.
들어와.
넣어 줘.
박아 줘.
꽂아 줘.

성행위는 남성 안에 있는 여성을
여성 안에 있는 남성을 발견하는
자아 발견의 시간이다.
인간에게 가장 오래된 체위는 후배위,
알고 계셨죠?

자, 봐요.

아직 기계가 습기를 먹은 건 아니죠?

소유의 종말

21세기
새 조류의 핵심 개념은 접속access.

접속은 소유에 반하여 일시적으로 사용하는 권리를 뜻한다.
이제 사람들은 소유 대신 임대를 원한다.
집·요트·자동차·에어컨·오락·호의·예의범절·관혼 상제·
꽃·그림·음악·물·향기에 이르기까지…….
이렇듯 욕망의 충족 구조는
소유의 종말을 향해 활시위를 날린 것이다.

122 욕망의 전이

외식의 즐거움은

남의 식기를 쓰는 것이라던데…….

환희냐,

노동이냐,

그것이 문제로다.

나는 마치
바다를 만나려는 강물과도 같습니다.

정자 선생은

평생

난자의 냄새를 맡는다.

후각은 여성이 더 발달되었지만,

후각에 이끌려 매혹 당하는 것은 남성이다.

현금 자동인출기

부모도 고향도 없는 그녀는

톡톡 젖꼭지만 두드려주면

헤프게 치마를 걷어 올렸다.

나이는 상관없이

그녀의 집 앞엔 언제나 손님으로 북적거렸다.

누구와 살을 섞어도 매번 극에 달하는 황홀한 비명,

그 가물거림을 듣고 있으면 오랜 애무가 필요 없었다.

그녀의 깊숙한 생식기에서는 늘 푸른 돈 냄새가 진동했다.

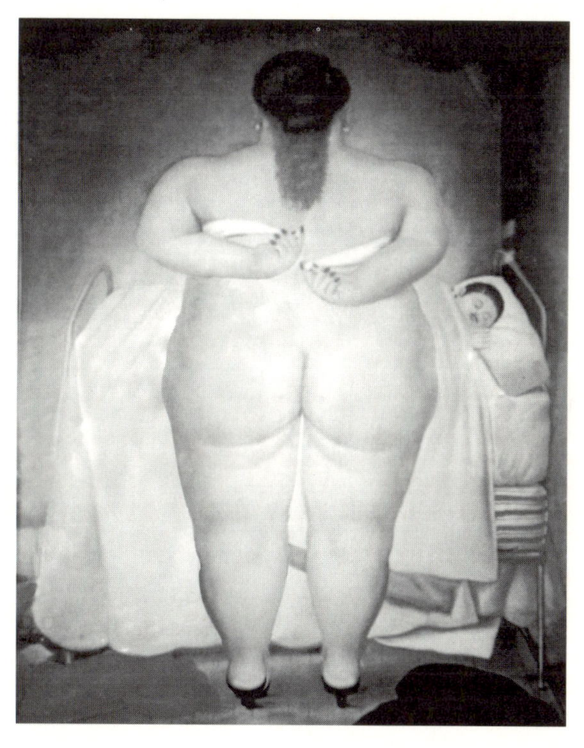

위대한 갈망······.

오래된 미래가 내게로 왔다.

이젠 두렵지 않아.

피하지도 않을 거야.

사랑의 판화

4

한 사람의 가슴속에 갇혀 보세요
창살 없는 감옥이
더 견디기 힘들다는 걸 아실 거예요.

식물성 植物性

오래된 열망의 습관이 식물이 될 때까지

온몸이 식물성인 척하는 어른들의

돋보기 속이 궁금하다고

아이들은

생각하지 않을까…….

질투가 심한 신이 있어
인간의 완전성을 두려워한 나머지
태초에 한 몸이었던 인간을 갈라놓았다.

나뉘어진 여성과 남성은
불완전함을 해소하기 위해 늘 섹스를 한다.
섹스 중에는 일체감과 충일감으로 온몸을 떨다가도
욕구가 해소된 후에는
또다시 허전함과 외로움에 사로잡히게 된다.

성性은 몸과 마음이 합해진 단어다.
'生' 은 낳아진 신체로 물질을 의미하고
'心' 은 정신적인 영혼을 가리킨다.
더욱이 '心' 자가 '生' 자보다 앞에 있는 것은
정신이 물질보다 중요하다는 뜻이다.

성을 지칭하는 용어 'sex' 의 어원은

라틴어 'sexus' 이며,

동사로 해석하면

'세코seco, 나누다, 떼어놓다.' 가 된다.

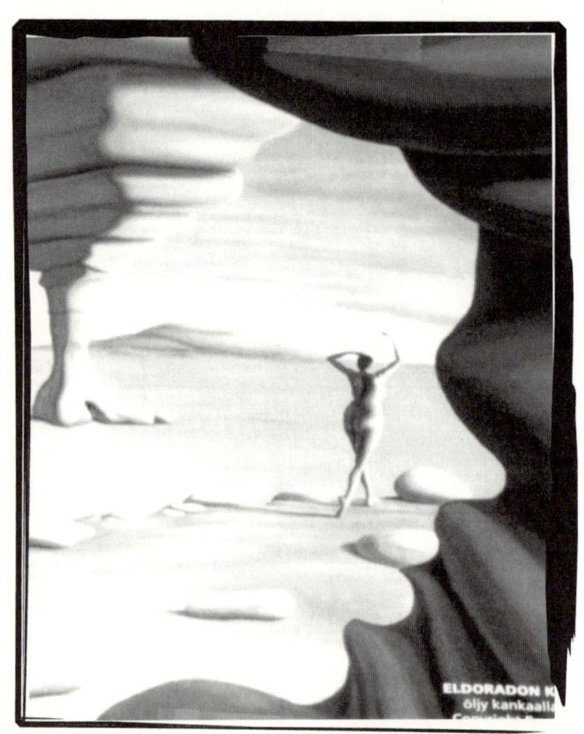

ELDORADON K
öljy kankaalla

사랑의 아픔을 잊어버리는 다섯 가지 방법

1. 바쁘게 모임에 나가고,
   더 많은 친구를 만난다.

2. 새로 나온 책을 제일 먼저 사서 읽고,
   새로운 공부를 시작한다.

3. 전신운동을 땀날 때까지 하고,
   잘 잔다.

4. 먼 나라 오지 여행을 많이 하여
   새로운 친구와 새로운 추억을 만든다.

5. 죽었다고 생각하고 늘 검은 상복을 입고 다니며,
   핸드폰 번호를 바꾼다.

가슴에 한 여자를 안고 살아가는 남자야말로 위대한 영웅이다.

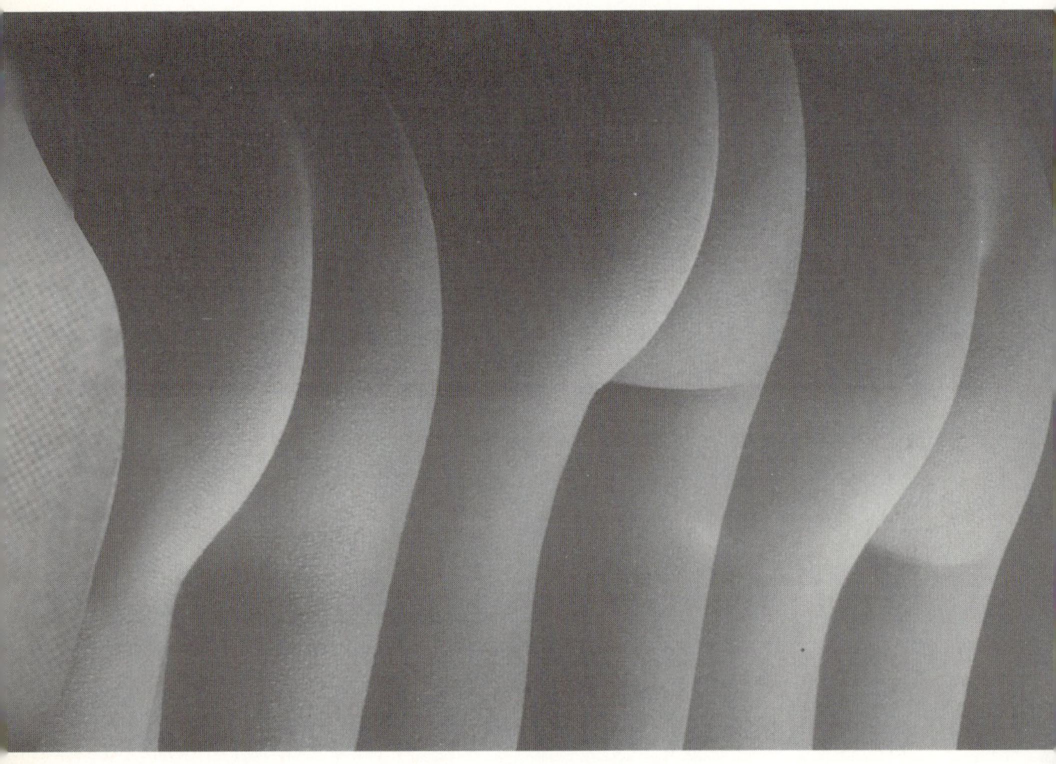

숲

새벽 안개 속에 보일 듯 말 듯 서 있는 나무들
아름드리 곧게 뻗은 나무줄기는
고대 신전의 대리석 기둥과 다르지 않습니다.
어느 틈에 신들의 고향에 들어와 있는 듯
경건함과 두려움을 앞세우고 신을 만나러 가는
수행자의 모습을 닮았습니다.
거미줄에 맺힌 영롱한 이슬에 눈맞춤 하느라
풀숲에 맺힌 이슬에 온몸이 다 젖는 줄도 모르고
밤새 헤매다 돌아와 알몸으로 숨쉬는
숲은,
숲은 기도입니다.

아니마와 아니무스

아니마*anima는 남성 속에 들어 있는 이상적인 여성 상이고,
아니무스*animus는 여성 속에 들어 있는 이상적인 남성 상이다.
남자에게는 아니마가, 여자에게는 아니무스가 내면에 있어서
다른 상대에게 투영될 때 이성애를 느끼게 되는 것이다.
우리가 이상적인 연인 상, 곧 이성을 만나 배우자로 삼는 것은
모르는 타인이 아닌

자기 자신 속에 있는 아니마 또는 아니무스라는
내면적 인격 요소를 사랑하게 되는 것이다.

꿈꾸는 자세는 부드럽다.
가볍고도 유연한 자세는 아니마적 자세다.
멈춤 자세는 경직되어 있다.
강하면서도 뻣뻣한 자세는 아니무스적 자이다.

문학에서 심혼心魂이라는 이름으로 불리는
내적 인격인 아니마와 아니무스는
의식의 중심인 자아Ego의 무의식적 그림자와
페르조나(외적 인격)인 자기selbst를 이어주는 중간 다리와 같다.
그 의식과 무의식의 대립 구조를 넘어선 사람이 시인이다.
그들은 나름대로 이미 자기 가까이에 도달해 있고,
그들의 심혼은 자기 원형의 뜻을 그대로 짊어진 채
그 체험을 노래로 표현해낸다.
그것이 시가 되는 것이다.

* Anima : 남성 속에 들어 있는 여성.
* Animus : 여성 속에 들어있는 남성.

프쉬케의 사랑

육체를 사랑한 여신 아프로디테와
연금술의 신인 머큐리(헤르메스)의 사이에서 태어난
아들 에로스는 미소년으로 자랐는데,
아름다운 인간 프쉬케를
자신의 어머니인 아프로디테보다 더 사랑하게 되었다.
이에 화가 난 아프로디테는 프쉬케를 잡아다 가두고
온갖 방법으로 에로스를 떼어놓으려 하였으나
번번이 실패하고 말았다.
천상에서 이 모습을 지켜보고 있던 제우스는
헤르메스에게 명하여
가여운 프쉬케를 천상으로 데려와 별이 되게 하였으나,
하늘로 올라가려 시도하던 프쉬케는
손에 든 영생의 물을 흘려
에로스와의 사랑에 혹여라도 슬픔의 금이 가지 않을까
너무도 조심하던 나머지
오늘도 컴컴한 루브르 박물관 모퉁이에 서 있게 되었다.

결국 수많은 신화들이란
신의 이름을 빌어 만든
인간들의 이야기이다.
이 조각은
언뜻 보면 에로스와 프쉬케로 보이지만
사실은
헤르메스와 프쉬케이다.

1593년, 프랑스의 조각가
아드레안 드 브리스의 작품

배 꼽

한 떼의 친구들이 모여 앉아서
'정말 버릴 수 없는 가장 본질적인 것' 이 무엇인가에 대해
이야기하고 있었다.
한 친구가 말했다.
"나는 어머니만은 버릴 수 없어.
다른 모든 것은 다 버릴 수 있어도……."
또 한 친구가 말했다.
"나는 내 아내를 버릴 수 없어.
부모님은 내가 선택하지 않았어도 그냥 주어진 것이지만,
내가 선택한 아내한테는 책임감을 느껴."
그들은 이야기를 계속했다.
차례대로 집만은, 농장만은, 선산만은, 요트만은 버릴 수 없다고 말
하자,
마지막 남은 친구가 이렇게 말했다.
"나는 다른 것은 몰라도 배꼽 없이는 살 수 없어."
거기에 있던 친구들이 모두 이상하게 여기며, 설명 좀 해보라고
재촉했다.

그러자 그 친구는 이렇게 대답했다.

"나는 휴일이면 침대에 누워 감자를 먹는다네."

대답을 들은 친구들이 이구동성으로 말했다.

"감자하고 배꼽하고 무슨 관계가 있는가?"

"이해를 못하는군. 배꼽이 없으면 소금 놓을 곳이 없어진단 말일세."

널 위해 열었어.

내 안으로 들어와.

거침없고 솔직한,
난 내 모습이 좋아.

하늘의 그물이 성글게 보이는 이유

소이불루, 소이불루······.
무슨 뜻의 영어 단어일까?

소리에서 칼라까지 쏙 마음에 드는 것이 너무 예뻤다.
'이 단어 내 꺼 할래.' 라고 생각한 내 마음을 읽고 있었던 듯,
알파벳 대신 옆에 있던 한자가 점잖게 나를 바라다보았다.
측은지심 눈빛 같기도 하고,
어찌 보면 어여삐 여기는 눈빛 같기도 한 것이······.

疏 : 거칠, 성글 소. 而 : 말 이을 이. 不 : 아닐 불. 漏 : 샐 루.

"이 사람아! '하늘의 그물은 성기지만,
절대 새지 않는 그물이다.' 라는 뜻이여."
이렇게 말하는 것 같았다.

하늘의 그물이 너무 엉성하게 보여
슬쩍 빠져나갈 구멍이 있을 것 같고,

밀을 심어도 콩을 얻을 수 있을 것 같아 보이나
하늘의 그물은 그런 요행을 용납치 않으며,
아울러 상과 벌도 모두에게 균등하게 돌아간다는 섭리로
불교의 업보 사상과도 일치하는 것이다.

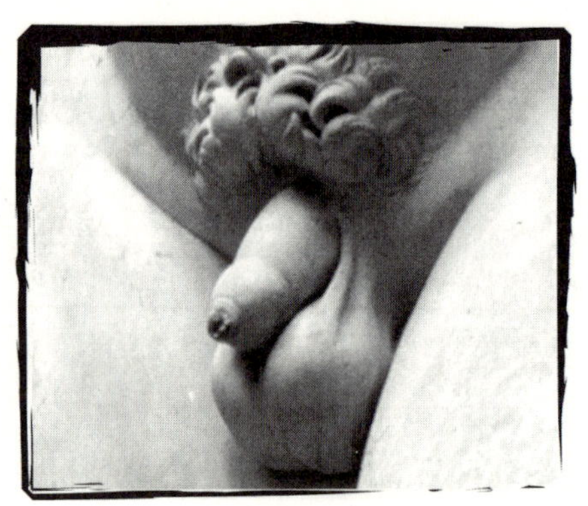

첫 순수의 시절.

세상 어느 말보다도
가장 진실한 말은
몸이 하는 말이다.

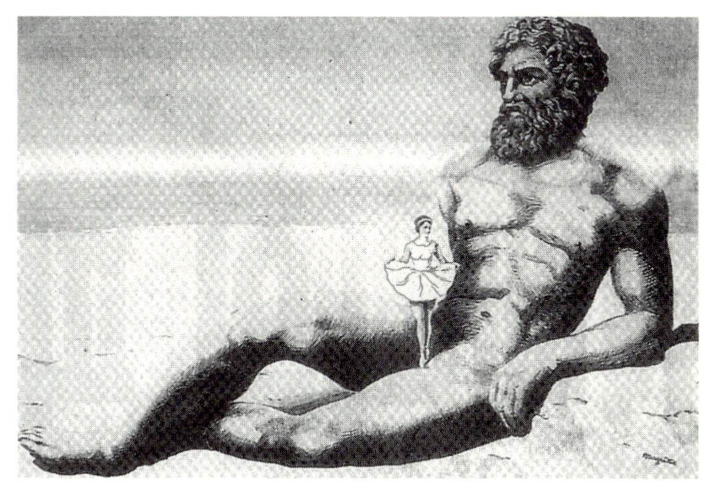

한 사람의 가슴속에 갇혀보세요.

창살 없는 감옥이

더 견디기 힘들다는 걸 아실 거예요.

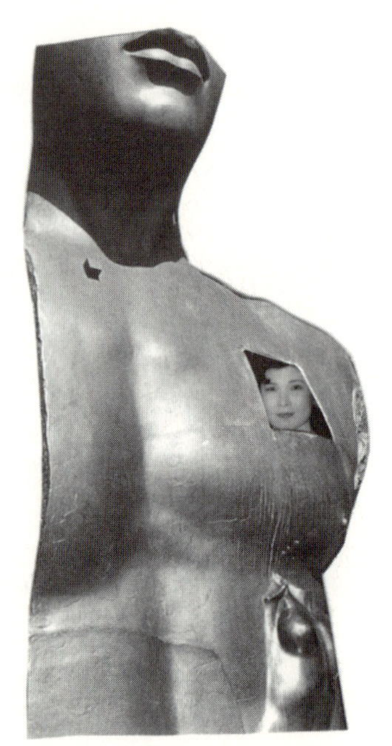

불행과 행복이 쌍둥이이듯
죽음과 탄생도
절묘하게 한집 살림하는 쌍둥이란 것,
아시죠?

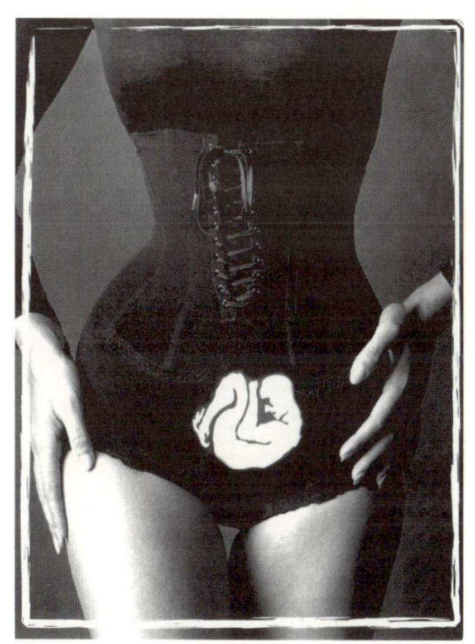

사랑의 독재자

성적 광기로 살면서 미적 환희를 통째로 얻은 피카소는
그 이전에도 그 이후에도 없다.
그가 추구했던 섹스는 미의 원천이었으며,
창조의 기쁨이었다.
삶의 궤도를 같이하다 버림받은 일곱 여자들 중
두 명은 자살하고, 두 명은 그를 그리워하다 정신병원에 가고,
남은 여자들도 그에게서 완전히 독립했다고 볼 수는 없다.
그런데 이상한 것은 그 중 누구도
그를 욕하지 않았다는 점이다.
그의 남성성 속에 있는 아니마가 여자들의 아니무스를 홀리는
무슨 마력을 지니고 있었던 듯싶다.
그렇지 않고서야 어찌 그런 신비스런 일들이…….

5만여 점의 작품 중에 149개의 드로잉이 있는데,
그 중 연도를 알 수 없는 이 드로잉은
〈엥겔 페르난데즈와 여인, 21×152cm〉이다.
이 그림은 나에게 허물없이 다가와

'에로스란 모든 예술의 힘이야' 라고 말한다.

괴짜 후원자 하나를 만난 것처럼 기쁘고 든든하다 사랑의 판화 159

심심하시죠?

점선을 접어보세요.

부 적符籍

부적은 승려나 역술가, 무당들이 만든다.

부적을 만들 때는 택일하여 목욕재계한 후

동쪽을 향해 정수淨水를 올리고 분향한다.

그리고 이爾를 딱딱딱 세 번 마주치고

주문을 외운 후에 부적을 그린다고 한다.

글씨는 붉은 빛이 나는 경면주사鏡面朱砂나, 영사靈砂를 곱게 갈아

기름이나 설탕물에 개어서 쓴다.

종이는 괴황지槐黃紙를 쓰는 것이 원칙이나

누런빛이 도는 창호지를 쓰기도 한다.

부적은 대개 종이로 만들지만

재료에 따라 돌·나무·청동·바가지·대나무 부적 등도 있다.

나무 부적 중에는 벼락맞은 복숭아나무나 대추나무 부적이

상서로운 힘을 갖는다고 믿는다.

이는 나무가 벼락을 맞을 때 번개 신이 깃들여

잡귀가 달아난다는 생각 때문이다.

아름다운 떨림 5

부그럽다는 고정관념을 꺼내어
서로의 생각, 그 바닥에 깔았다.
털 밑에 꼭꼭 감추어 두었던 생각의 어린아이와
어린아이 같은 자연을 꺼내었다.

넘겨짚어보기

글쎄,

삶은 너무 오묘하여

무어라 말하기가 어려운 것 같아.

삶이란

앞만 보는 게 아냐.

가끔 뒤도 돌아보는 거야.

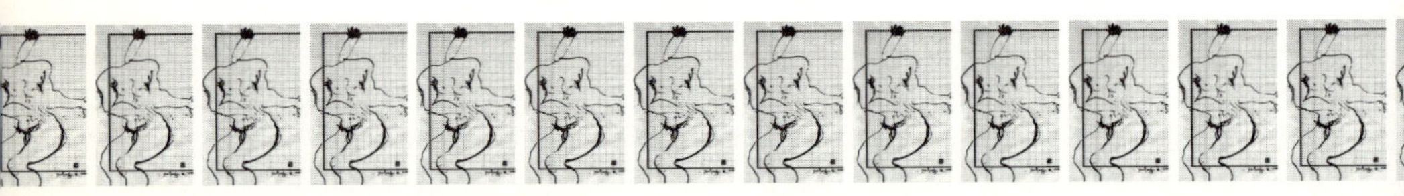

삶!

삶이란,

도전해 볼 만한 미래.

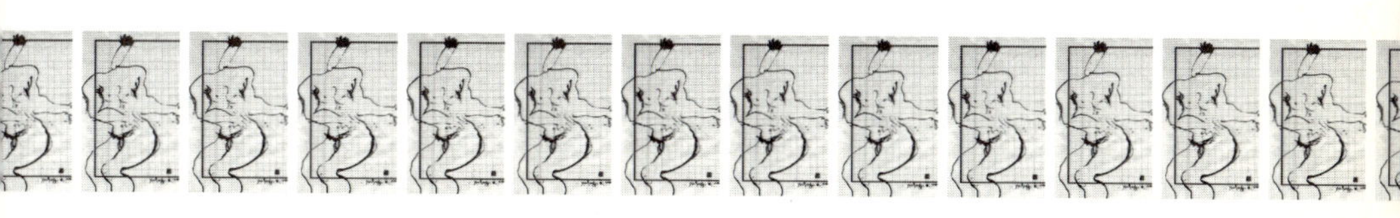

전 잘 모르겠어요.
지나 와서 생각하니
그리움 반, 후회스러운 일 반…….
그래요.

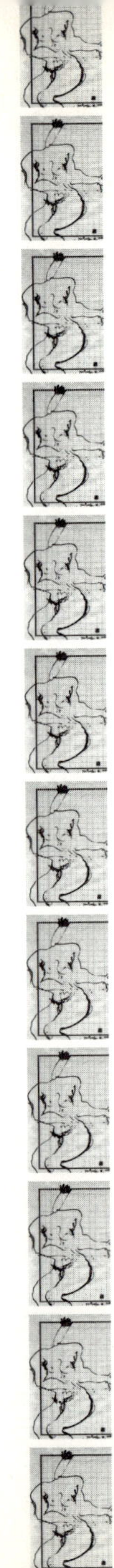

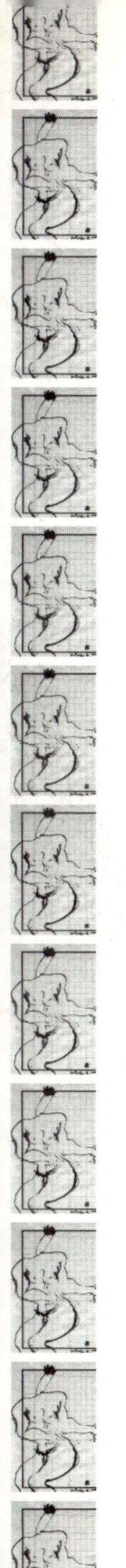

먹이를 놓쳐서는 안돼.
내 사전엔 실패란 존재하지 않으니까.
그러나 시간이 흘러 늙으면
누구나 공손해진다.

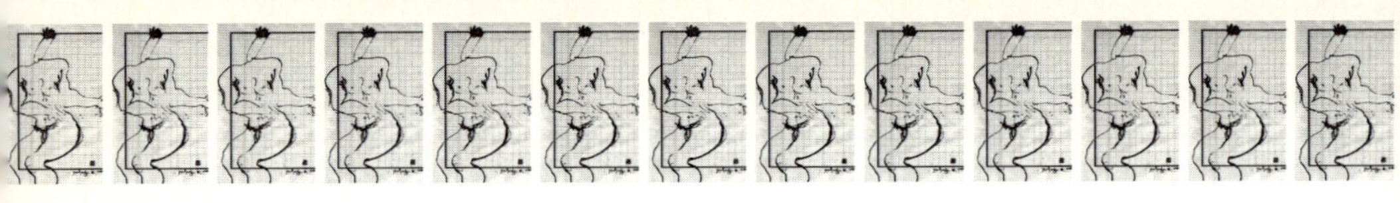

여보게, 젊은이.

시간을 아껴 쓰게나.

청춘은 순간에 지나가느니…….

인간의 일생이

결코 짧지 않으나

결코 길다고 말할 순 없다네.

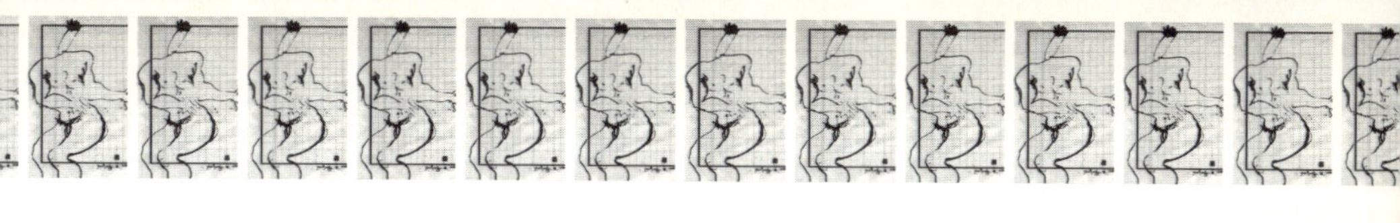

병실에 누워보면 알지요.

신으로부터 버려진 느낌,

신의 명단에 호명될 것 같지 않은 느낌…….

다시 살 수 있을까?

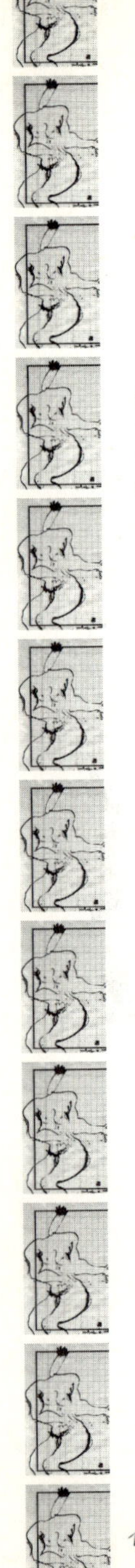

아름다운 디저트 후에

'0101은 동성애' 고
'1001은 섹스 체위' 라고
친구가 냅킨에 그려가면서 일러주었다.
내가 일상적으로 알고 있는 기호는
♀ · ♂ · 69 정도였는데
오늘 수확은 커피 값에 비할 게 아니었다.

2002년 4월 18일
뮤즈에서

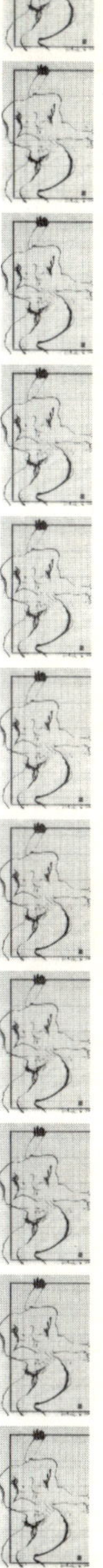

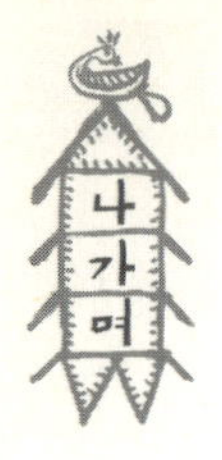

옷 입히기 전을 기억하며

인간은 성性을 숨기고 있기에 아름답다.
눈으로 보여지는 사막 같은 삶도
성性의 불길을 만나면
오아시스라는 희망으로 변한다.
성性의 문턱은 높지도 낮지도 않다.

성性을 생략하려다
성聖에 가까워지는 건 아닌지…….

당신도 처음 이 책에 들어올 때는
무거운 겉옷과 함께 마음의 외투를 걸치고 있었다.
하지만 긍정의 고개 짓과 함께 마음껏 웃으며 걷다보면

천천히 어느새
성性과 성聖의 입맞춤을
고요히 바라볼 수 있게 되리라…….

오랜 여행길에서 만난 보물들을
아낌없이 펼쳐놓았다.
책을 덮는 사람마다
남쪽 창으로 불어오는 바람처럼
상쾌하기를…….
그리하여 다시 유쾌하기를…….

송헌 드림

참고 문헌

티벳 사자의서/ 파드마삼바바/ 시공사/ 1994

아니마와 아니무스/ 이부영/ 한길사/ 2001

Good sex- 좋은 섹스란 무엇인가/ 레이몽 A 벨리오티/ 민음사

탄트라/ A. 무케르지/ 동문선

반 고흐, 지상에 유배된 천사/ 율리우스마이어 그레페/ 1990

카마스트라/ 바짜야나/ 동문선

성의 역사/ 미셸 푸코/ 나남

성性문화보고서/ 강승귀, 권병두/ 출판지수/ 2001

완전한 결혼/ 반데 벨데/ 명문당

여자란 무엇인가/ 김용옥/ 통나무/ 1986

쾌락의 원천을 넘어서/ 프로이트/ 열린책들

한국의 에로스 문화/ 이재인/ 우석/ 1999

잃어버린 거울을 찾아서/ 조성기/ 열림원/ 1998

길가메시 서사시/ N.K.샌더즈/ 범우사

노자의 사상/ 채지충/ 출판 두성/ 1998

도덕경/ 노자/ 현암사

소녀경/ 이종문/ 국일문학사

수의 세계/ 드니 게디/ 시공디스커버리 총서/ 1998

헤르메스의 기둥/ 송대방/ 문학동네/ 1996

통과제의와 문학/ 시몬느 비에른느/ 문학동네

시간 박물관/ 움베르토 에코 외外/ 푸른숲

횡재/ 김관형/ 교보문고/ 1999

Aboriginal Art/ Susan Mcculloch/ A and U

욕망의 전이

지은이 윤향기

펴낸이 김소양

편집 디자인 노지희

펴낸 곳 도서출판 우리글

첫번째 찍은 날 2002년 5월 5일

등록 서울 03-01074호

주소 서울시 서초구 양재2동 265-2호

연락처 전화 02-501-6908 / **팩스** 02-501-6904

평생번호 전화 050-2515-2515 / **팩스** 050-2515-2516

http//www.wrigle.com

e-mail wrigle@korea.com

값 6,800원

ISBN 89-89376-10-6